T0166195

CLASSIQUES JAUNES

Série *Littératures francophones*

Sganarelle,
Dom Garcie de Navarre

Molière

Sganarelle, Dom Garcie de Navarre

Édition critique par Charles Mazouer

PARIS
CLASSIQUES GARNIER
2022

Charles Mazouer, professeur émérite à l'université de Bordeaux Montaigne, est spécialiste de l'ancien théâtre français. Outre l'édition de textes de théâtre des XVIe et XVIIe siècles, il a notamment publié *Molière et ses comédies-ballets*, les trois tomes du *Théâtre français de l'âge classique*, ainsi que *Théâtre et christianisme. Études sur l'ancien théâtre français*.

Illustration de couverture : « Le vray portrait de Mr de Molière en habit de Sganarelle ». Auteur : Claude Simonin (1635-1721). Source : http://www.histoire-image.org/pleincadre/index.php?i=1256

© 2022. Classiques Garnier, Paris.
Reproduction et traduction, même partielles, interdites.
Tous droits réservés pour tous les pays.

ISBN 978-2-406-12437-5
ISSN 2417-6400

ABRÉVIATIONS USUELLES

Acad.	*Dictionnaire de l'Académie (1694)*
C.A.I.E.F.	*Cahiers de l'Association Internationale des Études Françaises*
FUR.	*Dictionnaire universel* de Furetière (1690)
I. L.	*L'Information littéraire*
P.F.S.C.L.	*Papers on French Seventeenth-Century Literature*
R.H.L.F.	*Revue d'Histoire Littéraire de la France*
R.H.T.	*Revue d'Histoire du Théâtre*
RIC.	*Dictionnaire français* de Richelet (1680)
S.T.F.M.	Société des Textes Français Modernes
T.L.F.	Textes Littéraires Français

AVERTISSEMENT

L'ÉTABLISSEMENT DES TEXTES

Il ne reste aucun manuscrit de Molière.

Si l'on s'en tient au XVIIᵉ siècle[1], comme il convient –
Molière est mort en 1673 et la seule édition posthume qui
puisse présenter un intérêt particulier est celle des *Œuvres*
de 1682 –, il faut distinguer cette édition posthume des
éditions originales séparées ou collectives des comédies de
Molière.

Sauf cas très spéciaux, comme celui du *Dom Juan* et du
Malade imaginaire, Molière a pris généralement des privi-
lèges pour l'impression de ses comédies et s'est évidemment
soucié de son texte, d'autant plus qu'il fut en butte aux
mauvais procédés de pirates de l'édition qui tentèrent de
faire paraître le texte des comédies avant lui et sans son aveu.
C'est donc le texte de ces éditions originales qui fait autorité,
Molière ne s'étant soucié ensuite ni des réimpressions des

---

1   Le manuel de base : Albert-Jean Guibert, *Bibliographie des œuvres
de Molière publiées au XVIIᵉ siècle*, 2 vols. en 1961 et deux *Suppléments*
en 1965 et 1973 ; le CNRS a réimprimé le tout en 1977. Mais les
travaux continuent sur les éditions, comme ceux d'Alain Riffaud,
qui seront cités en leur lieu. Voir, parfaitement à jour, la notice du
t. I de l'édition dirigée par Georges Forestier avec Claude Bourqui
des *Œuvres complètes de Molière*, 2010, p. cxi-cxxv, qui entre dans les
détails voulus.

pièces séparées, ni des recueils factices constitués de pièces
déjà imprimées. Ayant refusé d'endosser la paternité des
Œuvres de M. Molière parues en deux volumes en 1666, dont
il estime que les libraires avaient obtenu le privilège par
surprise, Molière avait l'intention, ou aurait eu l'intention
de publier une édition complète revue et corrigée de son
théâtre, pour laquelle il prit un privilège ; mais il ne réalisa
pas ce travail et l'édition parue en 1674 (en six volumes ;
un septième en 1675), qu'il n'a pu revoir et qui reprend des
états anciens, n'a pas davantage de valeur.

En revanche, l'édition collective de 1682 présente davantage d'intérêt — même si, pas plus que l'édition de 1674,
elle ne représente un travail et une volonté de Molière lui-
même sur son texte[2]. On sait, indirectement, qu'elle a été
préparée par le fidèle comédien de sa troupe La Grange,
et un ami de Molière, Jean Vivot. Si, pour les pièces déjà
publiées par Molière, le texte de 1682 ne montre guère de
différences, cette édition nous fait déjà connaître le texte des
sept pièces que Molière n'avait pas publiées de son vivant
(*Dom Garcie de Navarre, L'Impromptu de Versailles, Dom Juan,
Mélicerte, Les Amants magnifiques, La Comtesse d'Escarbagnas,
Le Malade imaginaire*). Ces pièces, sauf exception, seraient
autrement perdues. En outre, les huit volumes de cette
édition entourent de guillemets les vers ou passages omis,
nous dit-on, à la représentation, et proposent un certain
nombre de didascalies censées représenter la tradition de
jeu de la troupe de Molière. Quand on compare les deux
états du texte, pour les pièces déjà publiées du vivant de
Molière, on s'aperçoit que 1682 corrige (comme le prétend

---

2   Voir Edric Caldicott, « Les stemmas et le privilège de l'édition des
     Œuvres complètes de Molière (1682) », [in] *Le Parnasse au théâtre...*, 2007,
     p. 277-295, qui montre que Molière n'a jamais entrepris ni contrôlé une
     édition complète de son œuvre, ni pour 1674 ni pour 1682.

la Préface)... ou ajoute des fautes et propose des variantes (ponctuation, graphie, style, texte) passablement discutables. Bref, cette édition de 1682, malgré un certain intérêt, n'autorise pas un texte sur lequel on doute fort que Molière ait pu intervenir avant sa mort.

Voici la description de cette édition :

- Pour les tomes I à VI : LES / ŒUVRES / DE / MONSIEUR / DE MOLIERE. Reveuës, corrigées & augmentées. / *Enrichies de Figures en Taille-douce.* / A PARIS, / Chez DENYS THIERRY, ruë saint Jacques, à / l'enseigne de la Ville de Paris. / CLAUDE BARBIN, au Palais, sur le second / Perron de la sainte Chapelle. / ET / Chez PIERRE TRABOUILLET, au Palais, dans la / Gallerie des Prisonniers, à l'image S. Hubert ; & à la / Fortune, proche le Greffe des Eaux & Forests. / M. DC. LXXXII. / *AVEC PRIVILEGE DV ROY.*
- Pour les tomes VII et VIII, seul le titre diffère : LES / ŒUVRES / POSTHUMES / DE / MONSIEUR / DE MOLIERE. / Imprimées pour la première fois en 1682.

Je signale pour finir l'édition en 6 volumes des *Œuvres de Molière* (Paris, Pierre Prault pour la Compagnie des Libraires, 1734), qui se permet de distribuer les scènes autrement et même de modifier le texte, mais propose des jeux de scène plus précis dans ses didascalies ajoutées.

La conclusion s'impose et s'est imposée à toute la communauté des éditeurs de Molière. Quand Molière a pu éditer ses œuvres, il faut suivre le texte des éditions originales. Mais force est de suivre le texte de 1682 quand il est en fait le seul à nous faire connaître le texte des œuvres non éditées par Molière de son vivant. *Dom Juan* et *Le Malade imaginaire* posent des problèmes particuliers qui seront examinés en temps voulu.

Au texte des éditions originales, ou pourra adjoindre quelques didascalies ou quelques indications intéressantes de 1682, voire, exceptionnellement, de 1734, à titre de variantes – en n'oubliant jamais que l'auteur n'en est certainement pas Molière.

Selon les principes de la collection, la graphie sera modernisée. En particulier en ce qui concerne l'usage ancien de la majuscule pour les noms communs. La fréquentation assidue des éditions du XVIIe siècle montre vite que l'emploi de la majuscule ne répond à aucune rationalité, dans un même texte, ni à aucune intention de l'auteur. La fantaisie des ateliers typographiques, que les écrivains ne contrôlaient guère, ne peut faire loi.

La ponctuation des textes anciens, en particulier des textes de théâtre, est toujours l'objet de querelles et de polémiques. Personne ne peut contester ce fait : la ponctuation ancienne, avec sa codification particulière qui n'est plus tout à fait la nôtre, guidait le souffle et le rythme d'une lecture orale, alors que notre ponctuation moderne organise et découpe dans le discours écrit des ensembles logiques et syntaxiques. On imagine aussitôt l'intérêt de respecter la ponctuation ancienne pour les textes de théâtre – comme si, en suivant la ponctuation d'une édition originale de Molière[3], on pouvait en quelque sorte restituer la diction qu'il désirait pour son théâtre !

Il suffirait donc de transcrire la ponctuation originale. Las ! D'abord, certains signes de ponctuation, identiques

3   À cet égard, Michael Hawcroft (« La ponctuation de Molière : mise au point », *Le Nouveau Moliériste*, n° IV-V, 1998-1999, p. 345-374) tient pour les originales, alors que Gabriel Conesa (« Remarques sur la ponctuation de l'édition de 1682 », *Le Nouveau Moliériste*, n° III, 1996-1997, p. 73-86) signale l'intérêt de 1682.

dans leur forme, ont changé de signification depuis le XVII⁰ siècle : trouble fâcheux pour le lecteur contemporain. Surtout, comme l'a amplement démontré, avec science et sagesse, Alain Riffaud[4], là non plus on ne trouve pas de cohérence entre les pratiques des différents ateliers, que les dramaturges ne contrôlaient pas – si tant est que, dans leurs manuscrits, ils se soient souciés d'une ponctuation précise ! La ponctuation divergente de différents états d'une même œuvre de théâtre le prouve. On me pardonnera donc de ne pas partager le fétichisme à la mode pour la ponctuation originale.

J'aboutis donc au compromis suivant : respect autant que possible de la ponctuation originale, qui sera toutefois modernisée quand les signes ont changé de sens ou quand cette ponctuation rend difficilement compréhensible tel ou tel passage.

PRÉSENTATION
ET ANNOTATION DES COMÉDIES

Comme l'écrivait très justement Georges Couton dans l'Avant-propos de son édition de Molière[5], tout commentaire d'une œuvre est toujours un peu un travail collectif, qui tient compte déjà des éditions antécédentes – et les éditions de Molière, souvent excellentes, ne manquent pas, à commencer par celle de Despois-Mesnard[6], fondamentale et

---

4   *La Ponctuation du théâtre imprimé au XVII⁰ siècle*, Genève, Droz, 2007.
5   *Œuvres complètes*, t. I, 1971, p. xi-xii.
6   *Œuvres complètes* de Molière, pour les « Grands écrivains de la France », 13 volumes de 1873 à 1900.

remarquable, et dont on continue de se servir... sans toujours le dire. À partir d'elles, on complète, on rectifie, on abandonne dans son annotation, car on reste toujours tributaire des précédentes annotations. On doit tenir compte aussi de son lectorat. Une longue carrière dans l'enseignement supérieur m'a appris que mes lecteurs habituels – nos étudiants (et nos jeunes chercheurs) sont de bons représentants de ce public d'honnêtes gens qui auront le désir de lire les classiques – ont besoin de davantage d'explications et d'éléments sur les textes anciens, qui ne sont plus maîtrisés dans l'enseignement secondaire. Le texte de Molière sera donc copieusement annoté.

Mille fois plus que l'annotation, la présentation de chaque pièce engage une interprétation des textes. Je n'y propose pas une herméneutique complète et définitive, et je n'ai pas de thèse à imposer à des textes si riches et si polyphoniques, dont, dans sa seule vie, un chercheur reprend inlassablement (et avec autant de bonheur !) le déchiffrement. Les indications et suggestions proposées au lecteur sont le fruit d'une méditation personnelle, mais toujours nourrie des recherches d'autrui qui, approuvées ou discutées, sont évidemment mentionnées.

En sus de l'apparat critique, le lecteur trouvera, en annexes ou en appendice, divers documents ou instruments (comme une chronologie) qui lui permettront de mieux contextualiser et de mieux comprendre les comédies de Molière.

Mais, malgré tous les efforts de l'éditeur scientifique, chaque lecteur de goût sera renvoyé à son déchiffrement, à sa rencontre personnelle avec le texte de Molière !

Nota bene :

1/ Les grandes éditions complètes modernes de Molière, que tout éditeur (et tout lecteur scrupuleux) est amené à consulter, sont les suivantes :

Molière (Jean-Baptiste Poquelin, dit), *Œuvres*, éd. Eugène Despois et Paul Mesnard, Paris, Hachette et Cie, 13 volumes de 1873 à 1900 (Les Grands Écrivains de la France).
Molière (Jean-Baptiste Poquelin, dit), *Œuvres complètes*, éd. Georges Couton, Paris, Gallimard, 1971, 2 vol. (La Pléiade).
Molière (Jean-Baptiste Poquelin, dit), *Œuvres complètes*, édition dirigée par Georges Forestier avec Claude Bourqui, Paris, Gallimard, 2010, 2 vol. (La Pléiade).

2/ Signalons quelques études générales, classiques ou récentes, utiles pour la connaissance de Molière et pour la compréhension de son théâtre – étant entendu que chaque comédie sera dotée de sa bibliographie particulière :

Bray, René, *Molière homme de théâtre*, Paris, Mercure de France, 1954.
Conesa, Gabriel, *Le Dialogue moliéresque. Étude stylistique et dramaturgique*, Paris, PUF, s.d. [1983] ; rééd. Paris, SEDES, 1992.
Dandrey, Patrick, *Molière ou l'esthétique du ridicule*, Paris, Klincksieck, 1992 ; seconde édition revue, corrigée et augmentée, en 2002.
Defaux, Gérard, *Molière ou les métamorphoses du comique : de la comédie morale au triomphe de la folie*, 2ᵉ éd., Paris, Klincksieck, 1992 (Bibliothèque d'Histoire du Théâtre) (1980).

DUCHÊNE, Roger, *Molière*, Paris, Fayard, 1998.

FORESTER, Georges, *Molière*, Paris, Gallimard, 2018.

GUARDIA, Jean de, *Poétique de Molière. Comédie et répétition*, Genève, Droz, 2007 (Histoire des idées et critique littéraire, 431).

JURGENS, Madeleine et MAXFIELD-MILLER, Élisabeth, *Cent ans de recherches sur Molière, sur sa famille et sur les comédiens de sa troupe*, Paris, Imprimerie nationale, 1963.
– Complément pour les années 1963-1973 dans *R.H.T.*, 1972-4, p. 331-440.

MCKENNA, Anthony, *Molière, dramaturge libertin*, Paris, Champion, 2005 (Essais).

MONGRÉDIEN, Georges, *Recueil des textes et des documents du XVIIᵉ siècle relatifs à Molière*, Paris, CNRS, 1965, 2 volumes.

PINEAU, Joseph, *Le Théâtre de Molière. Une dynamique de la liberté*, Paris-Caen, Les Lettres Modernes-Minard, 2000 (Situation, 54).

3/ Sites en ligne :

Tout Molière.net donne déjà une édition complète de Molière.

Molière 21, conçu comme complément à l'édition 2010 des *Œuvres complètes* dans la Pléiade, donne une base de données intertextuelles considérable et offre un outil de visualisation des variantes textuelles.

CHRONOLOGIE

(de 1660 au 17 avril 1661)

1660   29 janvier. Achevé d'imprimer des *Précieuses ridicules*.

2 février. Mort de Gaston d'Orléans.

26 mars. Mort de Jodelet pendant la clôture de Pâques (12 mars-9 avril). La troupe compte alors 12 parts.

6 avril. Inhumation de Jean III Poquelin, frère cadet de Molière. La survivance de la charge de tapissier du roi, dont Molière s'était démis en 1643, lui revient de droit.

28 mai. Création au Petit-Bourbon de *Sganarelle, ou Le Cocu imaginaire*, avec *Venceslas* de Rotrou.

31 mai. Privilège pour l'impression de *L'Étourdi*, du *Dépit amoureux*, du *Cocu imaginaire* et de *Dom Garcie de Navarre*.

9 juin. Mariage de Louis XIV avec l'infante d'Espagne Marie-Thérèse.

12 août. Achevé d'imprimer du *Cocu imaginaire*.

11 octobre. La salle du Petit-Bourbon commence d'être démolie, pour bâtir la colonnade du Louvre. La troupe obtient la salle du Palais Cardinal devenu Palais Royal, qu'il faut rénover.

18 et 24 novembre. Marchés passés avec un
maître maçon et un maître menuisier pour
cette rénovation. Pendant ce temps, la troupe
joue en ville, en « visites ».

13 décembre. Le Parlement de Paris interdit la
Compagnie du Saint-Sacrement.

1661

20 janvier. Ouverture de la salle du Palais-Royal
avec *Le Dépit amoureux* et *Le Cocu imaginaire*.

4 février. Création de *Dom Garcie de Navarre*
(avec *Gorgibus dans le sac*, farce perdue), qui
tombe.

9 mars. Mort de Mazarin et début du règne
personnel de Louis XIV.

1er-17 avril. Pendant la relâche de Pâques,
Molière obtient deux parts pour lui ; en cas de
mariage avec une actrice, le couple resterait à
deux parts.

SGANARELLE,
OU
LE COCU IMAGINAIRE

INTRODUCTION

Six mois après *Les Précieuses ridicules*, le 28 mai 1660, Molière créa sur son théâtre du Petit-Bourbon une autre petite comédie, *Sganarelle, ou Le Cocu imaginaire*. Entre-temps, même requis par des affaires de famille – la mort de son frère cadet Jean, qui amena Molière à retrouver la survivance et à reprendre son titre de tapissier et de valet de chambre du roi, qu'il garda jusqu'au bout –, Molière exploita le succès des *Précieuses ridicules*, fit vivre son théâtre en jouant beaucoup de comédies, multiplia les visites chez les grands.

LES CIRCONSTANCES

À la création, *Sganarelle* accompagna le *Venceslas* de Rotrou ; nouveau succès dans le comique. La preuve de celui-ci est fournie par de nouvelles indélicatesses du libraire Ribou.

En août 1660, Ribou imprima, sans l'aveu de Molière, le texte de *Sganarelle* qu'un certain Neuf-Villenaine prétendait avoir retenu par cœur en allant aux représentations. C'est ce qu'il dit dans l'épître à *Monsieur de Molière* qui ouvre le livret, et ce qui est fort vraisemblable : suivre avec attention une dizaine de représentations permettait de retenir et de prendre

à la volée le texte joué par les acteurs. S'adressant à Molière,
Neuf-Villenaine construit ainsi ce qui est une fiction, certainement : il a envoyé le texte reconstitué de la pièce ainsi que les
arguments de chaque scène à un de ses amis gentilshommes
de province ; mais, dit-il, des copies de tout cela circulaient :
feignant l'indignation, il a publié le tout, en quelque sorte
pour sauvegarder la réputation de Molière. Quelle audace[1] ! Et,
à la suite de cette lettre à Molière, Neuf-Villenaine écrit une
lettre à l'ami imaginé, qui est toute à la louange de Molière,
et d'ailleurs assez bien venue dans l'éloge. Cette lettre précise
que les arguments ajoutés par lui tâcheront de rendre compte
des jeux de théâtre – « qui sont de certains endroits où il faut
que le corps et le visage jouent beaucoup, et qui dépendent
plus du comédien que du poète, consistant presque toujours
dans l'action ». De fait, les arguments donnent des analyses
et des jugements qui ne sont pas sans intérêt, et s'efforcent
de transcrire sur le papier des jeux de scène qui ne pouvaient
qu'échapper aux seuls lecteurs.

Devant ce piratage joliment fardé, Molière réagit par la
voie judiciaire. Mais un arrangement fut trouvé – peut-être
parce que Molière pensa que le travail de Neuf-Villenaine,
loin de lui nuire, pouvait lui être utile –, car Ribou réim-
prima *Sganarelle* jusqu'en 1666.

Autre écume du succès, qu'il faut certainement toujours
attribuer à l'initiative du peu scrupuleux libraire Ribou :
une comédie des *Amours d'Alcippe et de Céphise, ou La Cocuë
imaginaire*, démarqua systématiquement la pièce de Molière,
mais en inversant les sexes. Il faut probablement attribuer

---

1   J'ai combattu longtemps avant de donner le texte à l'imprimeur, dit-il,
       « mais enfin j'ai vu que c'était une nécessité que nous fussions imprimés,
       et je m'y suis résolu d'autant plus volontiers, que j'ai vu que cela ne vous
       pouvait apporter aucun dommage non plus qu'à votre troupe, puisque
       votre pièce a été jouée plus de cinquante fois ». Mélange de vanité et
       d'impudence que ce dernier paragraphe, autant qu'aveu de la piraterie.

cette composition à Donneau de Visé, qui sera l'adversaire de Molière lors de la querelle de *L'École des femmes*, avant de devenir son apologiste.

Quoi qu'il en soit, Molière ne cessa de reprendre sa comédie de *Sganarelle* sur son théâtre. C'est même la pièce de Molière qui connut le plus de représentations (123) du vivant de l'auteur.

L'ILLUSION ET L'*IMBROGLIO*

À sa manière, *Sganarelle* exploite encore la thématique de l'illusion, promise à bien d'autres développements chez Molière. La femme de Sganarelle, Sganarelle, Lélie puis Célie se trompent successivement sur la réalité et basculent dans l'erreur, s'enferrent dans les quiproquos. Tous ont en eux de quoi fausser leur jugement sur ce qu'ils voient.

La femme de Sganarelle (elle n'a pas de nom) est une mal-aimée, blessée par la froideur d'un mari désormais rassasié, et qui souhaiterait que toutes les épouses délaissées fussent autorisées par la loi « à changer de mari comme on fait de chemise » (vers 138). Le voit-elle de sa fenêtre secourir une jeune fille pâmée ? Elle s'estime immédiatement trompée, sans vérification :

> Mais de sa trahison je ne fais plus de doute,
> Et le peu que j'ai vu me la découvre toute[2].

Quelques instants plus tard, constatant que sa femme considère avec attention et admiration le portrait d'un

---

2   Scène 5, vers 125-126.

homme trouvé par hasard, et en respire même la bonne
odeur tout en comparant la bonne mine de l'homme du
portrait avec son « pelé » et son « rustre » de mari, Sganarelle
lui arrache le portrait et la soupçonne, non seulement de
mépriser un mari si vaillamment content de lui et d'aspirer
à un galant, mais de le faire cocu – ce qui est son obsession
et sa terreur :

> La chose est avérée, et je tiens dans mes mains
> Un bon certificat du mal dont je me plains[3].

Sans plus d'examen. Quant à Lélie et Célie, ce sont des jeunes
amants à la fois contrariés par un père et inquiets de leur
avenir, ce qui les pousse à l'irréflexion. Lélie a été alarmé par
la rumeur qu'en son absence on a marié Célie. Quand il voit
son propre portrait dans les mains de Sganarelle et que celui-ci
lui affirme qu'il tient le portrait de sa femme (Sganarelle lui
a en effet arraché ce portrait qu'elle avait ramassé, parce que
Célie évanouie l'avait laissé tomber), Lélie adapte sa crainte à
l'élément du réel qu'il perçoit – Sganarelle affirme bien fort
qu'il le tient de sa femme, et qu'il est son mari, au vers 291 !
– et se persuade que Sganarelle est bien le mari de Célie ; il
en est sûr. Pour elle, Célie, qui vient de voir Lélie s'échapper,
curieusement (mais on sait pourquoi il est préoccupé et n'a pu
apercevoir l'arrivée de Célie), et qui apprend de la bouche de
Sganarelle que le damoiseau serait l'amant de sa femme, croit
immédiatement le mauvais pressentiment qu'elle nourrissait,
et à ses yeux Lélie devient aussitôt un traître, un scélérat, une
âme double et sans foi (vers 392).

En vrais naïfs, tous se sont précipités sur les apparences,
les ont interprétées sans réflexion et se sont persuadés, à
tort, qu'ils étaient trompés et trahis.

---

3   Scène 6, vers 175-176.

Cette cascade de méprises, où le portrait de Lélie –
l'échange des portraits entre amants renvoie aux habitudes
galantes – joue le rôle capital d'objet déclencheur de l'action,
engendre la construction et le rythme de la pièce. Et Molière
ne semble devoir à personne l'invention de cette action et de
ses enchaînements. Chacun entre tour à tour dans la danse
de l'illusion et de l'erreur, et, par une sorte d'effet « boule
de neige », les malentendus s'additionnent en avalanche, les
quiproquos se multiplient et se croisent jusqu'à la scène 22,
où tous les personnages se retrouvent réunis face-à-face et
porteraient à leur comble leurs reproches réciproques, si la
suivante n'intervenait. La confusion de l'*imbroglio* est à son
sommet et la pousse, la force à intervenir :

> Ma foi, je ne sais pas
> Quand on verra finir ce galimatias ;
> Déjà depuis longtemps je tâche à le comprendre ;
> Et si plus je l'écoute, et moins je puis l'entendre :
> Je vois bien à la fin que je m'en dois mêler[4].

Elle s'emploie donc à démêler l'écheveau et permet la
résolution des quiproquos. Le véritable dénouement, toujours
un peu bâclé comme souvent chez Molière, interviendra
plus tard et les amours contrariées – thématique qui a été
reléguée à l'arrière-plan par Molière ici – sont rétablies
dans le bonheur deux scènes plus loin.

---

4   Scène 22, vers 571-575.

SGANARELLE, PERSONNAGE BURLESQUE

C'est bien ce héros comique, joué évidemment par lui, qui intéresse Molière et qu'il place au centre de sa comédie – Sganarelle, celui qui se croit cocu.

Ce type de Sganarelle, ce « masque » créé par Molière était déjà apparu en valet dans *Le Médecin volant*; jusqu'en 1666, Molière le réutilisera encore plusieurs fois. On a essayé[5] de définir l'identité ou la personnalité théâtrale constante du type à travers ses avatars de valet, de bourgeois hanté par le spectre du cocuage, ou de père; l'acteur Molière et son jeu devaient faire beaucoup pour imposer l'idée de permanence, réelle aussi dans certains traits psychologiques, certains sentiments ou certains préjugés. Dans *Sganarelle*, nous avons affaire à un bourgeois de Paris travaillé par la jalousie et l'angoisse du cocuage, à un cocu imaginaire – selon le sous-titre –, c'est-à-dire un cocu dans sa seule imagination, comme d'autres chez Molière seront gentilhomme ou malade dans leur seule imagination. Cette peur d'être cocu et l'erreur qu'elle entraîne chez Sganarelle font rire de lui.

Les récents éditeurs ont bien mis en valeur le caractère exactement burlesque de ce personnage, qui le rapproche beaucoup des personnages burlesques de Scarron, en parti-culier de son Jodelet, si souvent utilisé. À travers Sganarelle, on assiste à la parodie – une de plus ! – de la galanterie. Ce bourgeois, disent Claude Bourqui et Georges Forestier, représente un anti-galant. Grâce à lui, des questions galantes comme celle de la jalousie ou celle des rapports entre l'amour et le mariage trouvent leur contrefaçon burlesque.

---

5   Jean-Michel Pelous, « Les métamorphoses de Sganarelle : la permanence d'un type comique », *R.H.L.F.*, 1972, no 5-6, p. 821-849.

Pour mieux dégrader encore son personnage, Molière a mis en valeur un aspect – une illusion – qui permet de belles situations comiques : le vaniteux Sganarelle est un fanfaron ; ce bourgeois pleutre, médiocre, veut se poser en héros tragique offensé et bouillant de vengeance. L'alternance et le décalage sont fort drôles entre la volonté affirmée, en termes d'ailleurs très bourgeois, de venger sa honte (imaginaire) et son honneur, et la peur viscérale des coups, sa lâcheté plaisamment étalée. C'est encore la parodie de l'univers tragique – comme la pratiquent les valets lâches de Scarron ou de Thomas Corneille ; elle culmine à la scène 21, où le lâche, revêtu d'une vieille armure, se bourre de coups de poing et de soufflets, se morigène pour tenter de s'entraîner au courage et à la vengeance contre Lélie, qu'il n'ose même pas tuer par derrière et auquel il n'adresse finalement qu'un timide reproche verbal.

On devine aisément la carrière qu'un tel personnage offrait à l'acteur Molière ! « Jamais personne ne sut si bien démonter son visage », note Neuf-Villenaine dans son commentaire de la scène 12, – son visage et son corps, devrait-on ajouter ; sa peur et son illusion du cocuage, le combat de sa pleutrerie avec son amour-propre offraient de la matière aux changements de visage, aux mimiques appuyées et plaisantes, aux gestes excessifs. Comme l'écrit un contemporain, par les métamorphoses burlesques de son visage et de son corps, le farceur Molière l'emportait sur les Tabarin, les Trivelin et tous les farceurs les plus grotesques.

Il faut savoir gré à Patrick Dandrey[6] d'avoir non seulement mis en valeur la permanence du courant burlesque dans le théâtre de Molière[7], mais aussi d'avoir finement rapproché *Sganarelle* de *Dom Garcie de Navarre*. Car cette comédie

---

6   Voir l'introduction de son édition de *Sganarelle*, en 2004, pour « Folio/ Théâtre ».

7   Voir « Molière, auteur burlesque », article de 2007.

héroïque, avec son prince jaloux qui se conduit pour le reste noblement et héroïquement, dont la jalousie, sans être proprement tragique se présente comme un vice qui attire la pitié, était certainement dans les papiers de Molière dès avant l'écriture de *Sganarelle* ; les deux pièces appartiennent en tout cas à la même étape créatrice, et on sait que Molière surprit ses admirateurs en donnant la farce plutôt que la comédie galante qui était attendue. Comme si, à l'avance, Molière se parodiait lui-même, parodiait en bouffonnant sa grande comédie. Et il est assez saisissant de rapprocher la parodie farcesque et la galanterie héroïque, sur le même thème de la jalousie. Le jaloux imaginaire Dom Garcie, sorte de malade plutôt émouvant, est doté à l'avance de sa petite monnaie burlesque en la personne d'un bourgeois grotesque, jaloux et lâche, son envers burlesque. Comme quoi la même jalousie, maîtresse d'erreurs, peut recevoir deux traitements opposés, par le ton sérieux ou par le ton burlesque, qui entraîne le rire.

Et il faut relire dans cet esprit tout le rôle de Sganarelle pour apprécier les jeux stylistiques sur les registres. Dans sa colère, le bourgeois reste encore dans le registre simple et familier ; mais on sent très vite la volonté de se hausser un peu, déjà dans cette sorte de distance qu'il prend vis-à-vis de lui-même, et se perçoit l'introduction d'un décalage, d'ailleurs entretenu par lui dans l'autre sens, car, après le style noble, il lâche quelque plaisanterie d'un goût bas. Parlant de sa femme, tout en examinant le portrait de Lélie confronté à Lélie présent en personne :

> Sa surprise à présent n'étonne plus mon âme :
> C'est mon homme, ou plutôt c'est celui de ma femme[8].

---

8   Scène 9, vers 277-278. Autres décalages semblables, scène 15, dans la tirade des vers 350-358, au cours d'une scène, d'ailleurs, où le ton de Sganarelle s'oppose à celui de Célie, qui se croit elle aussi trahie.

Mais les plus beaux morceaux se lisent à la scène 17 et dans sa suite logique, à la scène 20, où se disputent en lui la volonté de se venger et la lâcheté du personnage. Relevons l'envoi de son monologue, prononcé tandis qu'il prend la pose et met la main sur sa poitrine, d'un geste fier, en parlant de Lélie qu'il croit l'amant de sa femme :

> Je me sens là pourtant remuer une bile
> Qui veut me conseiller quelque action virile.
> Oui, le courroux me prend ; c'est trop être poltron.
> Je veux résolument me venger du larron.
> Déjà pour commencer, dans l'ardeur qui m'enflamme,
> Je veux dire partout qu'il couche avec ma femme[9].

Où la tentation héroïque chute lourdement à plat, en un contraste éminemment burlesque.

N'allons pas croire que la parodie burlesque signale le refus de certains aspects de la galanterie par Molière ! Le haut style ne convient pas au bourgeois médiocre, mais cela ne le condamne pas. De même que le burlesque des précieuses et de leurs flatteurs ne dénonçait que les excès ridicules de la galanterie, de même le burlesque de Sganarelle ne dénonce que Sganarelle et son incapacité à y accéder. Une preuve : la pièce donne un certain rôle au père opposant, Gorgibus, qui s'affiche d'emblée, à la première scène, comme attaché aux vieilles valeurs et réprouvant les nouvelles idées, les nouveaux comportements. Comme le Gorgibus des *Précieuses*, et plus encore même, celui de *Sganarelle* est utilisé par Molière pour critiquer justement ceux qui refusent la galanterie à la mode au nom de leurs traditions bourgeoises. Plus que tout autre théâtre, le théâtre de Molière est polyphonique ; et retrouver la pensée de Molière nécessite d'écouter avec la plus grande attention toutes les voix qu'il met en scène

---

9   Scène 17, vers 469-474.

DE LA FARCE À LA PETITE COMÉDIE

Très naturellement, les mots *farce* et *farcesque* viennent sous la plume. Par sa longueur, son rythme, l'importance du jeu de l'acteur et de l'action scénique, par le rôle de l'objet, par la présence de simples silhouettes comme celle du valet Gros-René – qui désire tant se restaurer après huit jours à faire galoper de mauvais chevaux, au lieu de s'inquiéter pour un « sot amour » – et au fond par le schématisme général des personnages, tous caractérisés d'un simple trait, par le thème gaulois du cocuage avec lequel le dramaturge n'en a pas fini, Molière se souvenait fort de la forme de la farce. Mais il continuait de renouveler singulièrement le genre, comme il l'avait entrepris dans *Les Précieuses ridicules*.

L'octosyllabe est abandonné au profit de l'alexandrin, qui ne quitte le bon ton que pour s'aventurer dans les chemins du burlesque, mais en un dialogue à la fois dru et plein ; pour être vive, l'intrigue originale n'en est pas moins soignée. Le milieu des personnages change : nous sommes dans la bourgeoisie parisienne, et si le cocuage est beaucoup évoqué, il est dans l'imagination, non dans la réalité. Les personnages ne sont qu'esquissés, mais le trait ne manque jamais de vérité. Voyez le rétrograde Gorgibus, tyrannique et intéressé par l'argent, prototype de toute une lignée de pères autoritaires qui risquent de faire de leur fille une mal-mariée, dont la femme de Sganarelle est un exemple ici, mal ajustée qu'elle est avec son jaloux et lamentable Sganarelle ; le couple tout italien des amoureux Lélie et Célie, qui illustre, après *Le Dépit amoureux* et avant tous ces charmants ballets de brouille superficielle, l'irréalisme de ces jeunes gens qui se croient trop vite trahis ; cette suivante au rôle très court, toute d'équilibre humain et de bon sens, qui finit par dissiper la confusion, et dont la saveur se retrouvera, en des rôles élargis, dans mainte comédie ultérieure. Tous ces personnages sont des jalons de la création moliéresque.

Oui, avec *Les Précieuses ridicules* puis avec *Sganarelle*, Molière a mis au point, en prose puis en vers, des modèles nouveaux pour le vieux genre de la farce. Disons exactement : il a mis au point le genre de la petite comédie, dont il lança la mode.

LE TEXTE

Comme je l'ai rappelé, Molière laissa diffuser l'édition originale que représente l'édition pirate de Ribou ; celle-ci, conservée sous la cote Rés-Yf-4207 à la BnF, a été numérisée (NUM-70152). Mais il prit ensuite, à son profit, un Privilège pour *Sganarelle, ou Le Cocu imaginaire* (26 juillet 1660) et céda ses droits de Privilège à Guillaume de Luyne, qui donna donc une édition autorisée, imprimée en 1662. Cette édition est semblable à la contrefaçon de Ribou. Voici la description de cette édition, que nous suivons :

SGANARELLE, / OV / LE COCV IMAGINAIRE, / *COMEDIE.* / Auec les Arguments de chaque / Scene. / A PARIS, / Chez GVILLAUME DE LVYNE, Libraire- / Iuré, au Palais, dans la Salle des Merciers, / à la Iustice. / M. DC. LXII. / *Avec Privilege du Roy.* In-12 : [12 pages :

titre ; épîtres ; liste des acteurs] ; p. 1-59 (texte de la pièce) ; [p. 60 : extrait du Privilège].

Cet exemplaire est conservé à la BnF, Arts du spectacle : 8-RF-2987 (RES).

BIBLIOGRAPHIE

ÉDITIONS

Éd. Patrick Dandrey, *Sganarelle, ou Le Cocu imaginaire*, Paris, Gallimard, 2004 (Folio. Théâtre, 90).

Éd. Charles Mazouer, *Farces du Grand Siècle. De Tabarin à Molière. Farces et petites comédies du XVIIe siècle*, nouvelle édition revue et corrigée, Presses Universitaires de Bordeaux, 2008 (Parcours universitaires), p. 343-391.

ÉTUDES

MONGRÉDIEN, Georges, « *Le Cocu imaginaire* et *La Cocuë imaginaire* », *R.H.L.F.*, 1972, 5-6, p. 1024-1034.

PELOUS, Jean-Michel, « Les métamorphoses de Sganarelle : la permanence d'un type comique », *R.H.L.F.*, 1972, n° 5-6, p. 821-849.

GILBERT, Huguette, « L'auteur de *La Cocuë imaginaire* », *XVIIe siècle*, 1981, n° 131, p. 203-205.

BRAIDER, Christopher, « Image and *imaginaire* in Molière's *Sganarelle, ou Le Cocu imaginaire* », *P.M.L.A.*, 117, 5, 2002, p. 1142-1157 ; et « Image and *imaginaire* in *Le Cocu imaginaire* »,

[in] *Classical unities : place, time, action*, Tübingen, Gunter Narr, 2002, p. 408-419 (*Biblio 17*, 131).

DANDREY, Patrick, « Molière, auteur burlesque », *Le Nouveau Moliériste*, IX, 2007, p. 11-39.

ROBIN, Jean-Luc, « Les "arguments de chaque scène", organon du *Cocu imaginaire* de Molière ? », [in] « à *qui lira* » *: littérature, livre et librairie en France au* XVIIe *siècle*, Tübingen, Narr Franke Attempto, 2020, p. 185-196, (*Biblio 17*, 222).

RIFFAUD, Alain, « Enquête sur l'édition originale de *Sganarelle, ou Le Cocu imaginaire* de Molière (1660) », *Bull. du bibliophile*, 1, 2021, p. 61-96.

SGANARELLE
OU
LE COCU IMAGINAIRE,

Comédie.

*Avec les arguments de chaque
scène*[1].

---

1   Pourquoi cette mention ? C'est que Molière a encore été victime d'une indélicatesse. Un inconnu du nom de Neuf-Villenaine (parfois appelé Neufvillaine) prétendit avoir retenu par cœur les vers de la pièce entendue au théâtre, l'avoir transcrite pour un hobereau de ses amis, et, pour éviter, selon lui, une édition pirate et fautive à partir de copies ainsi indiscrètement diffusées, il fit publier par Ribou *Sganarelle ou Le Cocu imaginaire*, avec un résumé en prose de chaque scène ; il y joignit une épître à Molière, où il affirme agir dans l'intérêt du dramaturge, et une autre à cet ami gentilhomme de campagne destinataire de sa transcription réalisée de mémoire. En fait, tout cela se fit évidemment sans l'aveu de Molière, qui, devant cette piraterie, demanda une perquisition chez Ribou. Dans la plupart des éditions ultérieures, Molière laissera toutefois ce résumé, ces « arguments » rédigés par Neuf-Villenaine et qu'il n'a pas voulus ; nous les donnons car ils intéressent la représentation et le jeu des acteurs, en particulier celui de Molière, que Neuf-Villenaine a vus et appréciés.

À PARIS,
chez GUILLAUME DE LUYNE,
Libraire-Juré, au Palais, dans la salle des Merciers,
à la Justice.

M. DC. LXII.

Avec Privilège du Roi.

À MONSIEUR [n. p.]
DE MOLIÈRE,
CHEF DE LA TROUPE
DES COMÉDIENS
de Monsieur,
frère unique
du Roi.

Monsieur,

Ayant été voir votre charmante comédie du *Cocu imaginaire* la première fois qu'elle fit paraître ses beautés au
public, elle me parut si admirable, que je crus que ce n'était
pas rendre justice à un si merveilleux ouvrage que de ne le
voir qu'une fois, ce qui m'y fit retourner cinq ou six autres ;
et comme [Aij] [n. p.] on retient assez facilement les choses
qui frappent vivement l'imagination, j'eus le bonheur
de la retenir entière sans aucun dessein prémédité, et je
m'en aperçus d'une manière assez extraordinaire. Un jour,
m'étant trouvé dans une assez célèbre compagnie, où l'on
s'entretenait et de votre esprit et du génie particulier que
vous avez pour les pièces de théâtre, je coulai mon sentiment parmi celui des autres ; et pour enchérir par-dessus
ce qu'on disait à votre avantage, je voulus faire le récit de
votre *Cocu imaginaire* ; mais je fus bien surpris, quand je
vis qu'à cent vers près, je savais la pièce par cœur, et qu'au
lieu du sujet, je les avais tous récités ; cela m'y fit retourner
encore une fois pour achever de retenir ce que je n'en savais
pas. Aussitôt un gentilhomme de la campagne[2] de mes

---

2   Un gentilhomme provincial.

amis, extraordinairement curieux de ces sortes d'ouvrages, m'écrivit, et me pria de lui mander[3] ce que c'était que *Le Cocu imaginaire*, parce que, disait-il, il n'avait point vu de pièce dont le titre promît rien de si spirituel, si elle était traitée par un habile homme. Je lui envoyai aussitôt la pièce que [n. p.] j'avais retenue, pour lui montrer qu'il ne s'était pas trompé ; et comme il ne l'avait point vu représenter, je crus [n. p.] à propos de lui envoyer les arguments[4] de chaque scène, pour lui montrer que, quoique cette pièce fût admirable, l'auteur, en la représentant lui-même, y savait encore faire découvrir de nouvelles beautés. Je n'oubliai pas de lui mander expressément, et même de le conjurer de n'en laisser rien sortir de ses mains ; cependant, sans savoir comment cela s'est fait, j'en ai vu courir huit ou dix copies en cette ville, et j'ai su que quantité de gens étaient prêts de la faire mettre sous la presse ; ce qui m'a mis dans une colère d'autant plus grande, que la plupart de ceux qui ont décrit cet ouvrage l'ont tellement défiguré, soit en y ajoutant, soit en y diminuant, que je ne l'ai pas trouvé reconnaissable ; et comme il y allait de votre gloire et de la mienne que l'on ne l'imprimât pas de la sorte, à cause des vers que vous avez faits et de la prose que j'y ai ajoutée, j'ai cru qu'il fallait aller au-devant de ces Messieurs, qui impriment les gens malgré qu'ils en aient[5], et donner une copie qui fût correc[A iij] [n. p.]te (je puis parler ainsi, puisque je crois que vous trouverez votre pièce dans les formes). J'ai pourtant combattu longtemps avant que de la donner ; mais enfin j'ai vu que c'était une nécessité que nous fussions imprimés, et je m'y suis résolu d'autant plus

---

3   Faire savoir.
4   Le sommaire de chaque scène, mais aussi des témoignages sur leur représentation.
5   Malgré eux.

volontiers, que j'ai vu que cela ne vous pouvait apporter aucun dommage, non plus qu'à votre troupe, puisque votre pièce a été jouée près de cinquante fois. Je suis,

Monsieur,

Votre très humble serviteur***.

À UN AMI   [n. p.]

Monsieur,

Vous ne vous êtes pas trompé dans votre pensée lorsque vous avez dit (avant que l'on le jouât) que si Le Cocu imaginaire *était traité par un habile homme, ce devait être une parfaitement belle pièce. C'est pourquoi je crois qu'il ne me sera pas difficile de vous faire tomber d'accord de la beauté de cette comédie, même avant que de l'avoir vue, quand je vous aurai dit qu'elle part de la plume de l'ingénieux auteur des* Précieuses ridicules. *Jugez après cela si ce ne doit pas être un ouvrage tout à fait galant*[6] *et tout à fait spirituel, puisque ce sont deux choses que son auteur possède avantageusement.* [A iiij] [n. p.], *Elles y brillent aussi avec tant d'éclat, que cette pièce surpasse de beaucoup toutes celles qu'il a faites, quoique le sujet de ces* Précieuses ridicules *soit tout à fait spirituel, et celui de son* Dépit amoureux *tout à fait galant. Mais vous en allez vous-même être juge dès que vous l'aurez lue, et je suis assuré que vous y trouverez quantité de vers qui ne se peuvent payer*[7], *que plus vous relirez, plus vous connaîtrez avoir été profondément pensés. En effet,*

6   Élégant, bien entendu.
7   Qui sont excellents en leur genre, qui sont impayables.

le sens en est si mystérieux, qu'ils ne peuvent partir que d'un homme consommé dans les compagnies[8] ; et j'ose même avancer que Sganarelle n'a aucun mouvement jaloux, ni ne pousse aucun sentiment[9] que l'auteur n'ait peut-être ouïs lui-même de quantité de gens au plus fort de leur jalousie, tant ils sont exprimés naturellement. Si bien que l'on peut dire que quand il veut mettre quelque chose au jour, il le lit premièrement [n. p.] *dans le monde (s'il est permis de parler ainsi), ce qui ne se peut faire sans avoir un discernement aussi bon que lui, et aussi propre à choisir ce qui plaît. On ne doit donc pas s'étonner, après cela, si ses pièces ont une si extraordinaire réussite, puisque l'on n'y voit rien de forcé, que tout y est naturel, que tout y tombe sous le sens, et qu'enfin les plus spirituels confessent que les passions produiraient en eux les mêmes effets qu'ils produisent en ceux qu'il introduit sur la scène.*

Je n'aurais jamais fait, si je prétendais vous dire tout ce qui rend recommandable l'auteur des Précieuses ridicules *et du* Cocu imaginaire. *C'est ce qui fait que je ne vous en entretiendrai pas davantage, pour vous dire que quelques beautés que cette pièce vous fasse voir sur le papier, elle n'a pas encore tous les agréments que le théâtre donne d'ordinaire à ces sortes d'ouvrages. Je tâcherai toutefois de* [A v] [n. p.] *vous en faire voir quelque chose aux endroits où il sera nécessaire pour l'intelligence[10] des vers et du sujet, quoiqu'il soit assez difficile de bien exprimer sur le papier ce que les poètes appellent jeux de théâtre, qui sont de certains endroits où il faut que le corps et le visage jouent beaucoup, et qui dépendent plus du comédien que du poète, consistant presque toujours dans l'action[11]. C'est pourquoi je vous conseille de venir*

---

8   Un homme accompli, parfait, éprouvé par et dans la fréquentation de toutes sortes de sociétés.

9   L'original porte : *aucuns sentiments* – le pluriel *aucuns* étant couramment utilisé au XVIIe siècle. Nous modernisons.

10 La compréhension.

11 C'est ce que l'acteur fait sur scène avec son corps, son visage, *etc.*

à Paris, pour voir représenter Le Cocu imaginaire *par son
auteur, et vous verrez qu'il y fait des choses qui ne vous donneront
pas moins d'admiration que vous aura donné la lecture de cette
pièce. Mais je ne m'aperçois pas que je vous viens de promettre de
ne vous plus entretenir de l'esprit de cet auteur, puisque vous en
découvrirez plus dans les vers que vous allez lire, que dans tous
les discours que je vous en pourrais faire. Je sais bien que je vous
ennuie, et je* [n. p.] *m'imagine vous voir passer les yeux avec chagrin
par-dessus cette longue épître ; mais prenez-vous-en à l'auteur*[12]...
*Foin ! je voudrais bien éviter ce mot d'auteur, car je crois qu'il se
rencontre presque dans chaque ligne, et j'ai déjà été tenté plus de
six fois de mettre Monsieur de Molière en sa place. Prenez-vous-en
donc à Monsieur de Molière, puisque le voilà. Non, laissez-le là
toutefois, et ne vous en prenez qu'à son esprit, qui m'a fait faire
une lettre plus longue que je n'aurais voulu, sans toutefois avoir
parlé d'autres personnes que de lui, et sans avoir dit le quart de
ce que j'avais à dire à son avantage. Mais je finis, de peur que
cette épître n'attire quelque maudisson*[13] *sur elle, et je gage que
dans l'impatience où vous êtes, vous serez bien aise d'en voir la
fin, et*[14] *le commencement de cette pièce.*

---

12   À l'auteur de *Sganarelle* : Molière.
13   Vieille forme de *malédiction*.
14   Et de voir.

GORGIBUS, bourgeois de Paris.

CÉLIE, sa fille.

LÉLIE, amant de Célie.

GROS-RENÉ, valet de Lélie.

SGANARELLE, bourgeois de Paris, et cocu imaginaire.

SA FEMME.

VILLEBREQUIN, père de Valère.

LA SUIVANTE de Célie.

UN PARENT de Sganarelle.

La scène est à Paris.

---

15 Nous avons déjà rencontré un certain nombre de ces personnages chez
    Molière, dans de précédents avatars. Voir la liste des personnages de *La
    Jalousie du Barbouillé*, pour Gorgibus (qui fut aussi le père des précieuses
    ridicules) et pour Villebrequin ; et celle du *Médecin volant* pour Gros-
    René et Sganarelle. Molière tenait ce dernier rôle, avec des habits de
    satin rouge cramoisi – voir au volume 1.

SGANARELLE
OU
LE COCU IMAGINAIRE,

Comédie

Scène PREMIÈRE
GORGIBUS, CÉLIE, SA SUIVANTE

Cette première scène, où Gorgibus entre avec sa fille, fait voir à l'auditeur que l'avarice est la passion la plus ordinaire aux vieillards, de même que l'amour est celle qui règne le plus souvent dans un jeune cœur, et principalement dans celui d'une fille ; car l'on y voit Gorgibus, malgré le choix qu'il avait fait de Lélie pour son gendre, pres-[2]ser sa fille d'agréer un autre époux nommé Valère, incomparablement plus mal fait que Lélie, sans donner d'autre raison de changement, sinon que le dernier est plus riche. L'on voit d'un autre côté que l'amour ne sort pas facilement du cœur d'une fille, quand une fois il en a su prendre¹⁶ : c'est ce qui fait un agréable combat dans cette scène entre le père et la fille, le père lui voulant persuader qu'il faut être obéissante, et lui proposant pour la devenir¹⁷, au lieu de la lecture de *Clélie*, celle de quelques vieux livres qui marquent l'antiquité du bonhomme, et qui n'ont rien qui ne parût barbare, si l'on en comparait le style à celui des ouvrages de l'illustre Sapho¹⁸. Mais que tout ce que son père lui dit la touche peu, elle abandonnerait volontiers la lecture de toutes sortes de livres pour s'occuper à repasser sans cesse en son esprit les belles qualités de son amant, et les plaisirs dont jouissent deux personnes qui

---

16 Il a su le prendre.
17 Pour devenir obéissante, pour *le* devenir.
18 C'est le surnom poétique de Madeleine de Scudéry.

se marient quand ils s'aiment mutuellement ; mais las ! que ce
cruel père lui donne sujet d'avoir bien de plus tristes pensées,
il la presse si fort que cette fille affligée n'a plus de recours [3]
qu'aux larmes, qui sont les armes ordinaires de son sexe, qui
ne sont pas toujours aussi puissantes pour vaincre l'avarice de
cet insensible père, qui la laissa tout éplorée. Voici les vers de
cette scène, qui vous feront voir ce que je viens de dire, mieux
que je n'ai fait dans cette prose.

CÉLIE, *sortant tout éplorée, et son père la suivant.*
Ah ! n'espérez jamais que mon cœur y consente.

GORGIBUS
Que marmottez-vous là, petite impertinente ?
Vous prétendez choquer[19] ce que j'ai résolu ?
Je n'aurai pas sur vous un pouvoir absolu ?
5   Et par sottes raisons votre jeune cervelle
Voudrait régler ici la raison paternelle ?
Qui de nous deux à l'autre a droit de faire loi ?
À votre avis, qui mieux, ou de vous ou de moi,
Ô sotte, peut juger ce qui vous est utile ?
10   Par la corbleu[20] ! gardez d'échauffer trop ma bile :
Vous pourriez éprouver, sans beaucoup de longueur[21],
Si mon bras sait encor montrer quelque vigueur.
Votre plus court sera[22], Madame la mutine,
D'accepter sans façons l'époux qu'on vous destine.
15   *J'ignore*, dites-vous, *de quelle humeur il est,*
Et dois auparavant consulter s'il vous plaît.

---

19 Affronter, résister à.
20 *Corbleu* : juron, comme *corbieu*, par altération de *corps Dieu*, corps de
    Dieu.
21 Longueur de temps, durée prolongée. *I. e.* : vous pourriez éprouver sous
    peu.
22 Le plus court sera pour vous.

Informé du grand bien qui lui tombe en partage,
Dois-je prendre le soin d'en savoir davantage ?
Et cet époux, ayant vingt mille bons ducats[23],
20   Pour être aimé de vous, doit-il manquer d'appas[24] ?
Allez, tel qu'il puisse être, avecque cette somme   [4]
Je vous suis caution qu'il est très honnête homme.

CÉLIE

Hélas !

GORGIBUS
Eh bien, « hélas ! » Que veut dire ceci ?
Voyez le bel *hélas !* qu'elle nous donne ici !
25   Hé ! que si la colère une fois me transporte,
Je vous ferai chanter *hélas !* de belle sorte !
Voilà, voilà le fruit de ces empressements
Qu'on vous voit nuit et jour à lire vos romans :
De quolibets d'amour[25] votre tête est remplie,
30   Et vous parlez de Dieu bien moins que de Clélie[26].
Jetez-moi dans le feu tous ces méchants écrits,
Qui gâtent tous les jours tant de jeunes esprits.
Lisez-moi comme il faut, au lieu de ces sornettes,
Les *Quatrains* de Pibrac, et les doctes *Tablettes*

---

23   Qu'il s'agisse du *ducat d'or* ou du *ducat d'argent* (qui vaut la moitié du
      ducat d'or), la somme totale est impressionnante.
24   Attraits, charmes.
25   Le *quolibet* est une plaisanterie insipide, un trait d'esprit de mauvais
      goût ; Gorgibus fait probablement allusion, sans donner absolument
      au mot son sens exact, aux raffinements, qu'il tient pour fadaises, de
      l'amour tel qu'il est traité dans les romans, et aux recherches spirituelles
      du langage précieux de l'amour.
26   *Clélie* est l'héroïne du roman du même nom de Mlle de Scudéry, qui
      enthousiasmait déjà les précieuses ridicules.

35   Du conseiller Matthieu[27], ouvrage de valeur,
      Et plein de beaux dictons à réciter par cœur.
      La Guide des pécheurs[28] est encore un bon livre.
      C'est là qu'en peu de temps on apprend à bien vivre ;
      Et si vous n'aviez lu que ces moralités,
40   Vous sauriez un peu mieux suivre mes volontés.

                     CÉLIE

      Quoi ? Vous prétendez donc, mon père, que j'oublie
      La constante amitié[29] que je dois à Lélie ?
      J'aurais tort si, sans vous, je disposais de moi ;
      Mais vous-même à ses vœux engageâtes ma foi[30].

                   GORGIBUS

45   Lui fût-elle engagée encore davantage,
      Un autre est survenu dont le bien l'en dégage[31].
      Lélie est fort bien fait ; mais apprends qu'il n'est rien
      Qui ne doive céder au soin d'avoir du bien ;
      Que l'or donne aux plus laids certain charme
                                    [pour plaire, [5]
50   Et que sans lui le reste est une triste affaire.
      Valère, je crois bien, n'est pas de toi chéri ;

---

27 *Les Quatrains* (1575 ; *Continuation des quatrains*, 1576) du magistrat Guy
    du Faur de Pibrac, et les *Tablettes de la vie et de la mort* (1616) de Pierre
    Matthieu, conseiller du roi et historiographe de France, sont des œuvres
    morales qui eurent un grand succès ; elles formulent une sagesse qui
    plaît peut-être à Gorgibus, mais qui est peu faite pour agréer à sa fille,
    jeune amoureuse de 1660 !
28 La *Guia de Pecadores* a été composée en 1555 par le dominicain espagnol
    Louis de Grenade ; deux traductions françaises en avaient été données
    dans les années 1650.
29 L'amour constant.
30 Fidélité ; Gorgibus lui-même a poussé sa fille à s'engager auprès de Lélie.
31 La venue d'un prétendant plus riche doit amener Célie à renier sa pro-
    messe à l'égard de Lélie.

Mais, s'il ne l'est amant[32], il le sera mari.
Plus que l'on ne le croit, ce nom d'époux engage,
Et l'amour est souvent un fruit du mariage.
55 Mais suis-je pas bien fat[33] de vouloir raisonner
Où de droit absolu j'ai pouvoir d'ordonner ?
Trêve donc, je vous prie, à vos impertinences ;
Que je n'entende plus vos sottes doléances !
Ce gendre doit venir vous visiter ce soir.
60 Manquez un peu, manquez à le bien recevoir !
Si je ne vous lui vois faire fort bon visage,
Je vous… Je ne veux pas en dire davantage.

Scène II
CÉLIE, SA SUIVANTE

Qui comparera cette seconde scène à la première, confessera
d'abord que l'auteur de cette pièce a un génie tout particulier
pour les ouvrages de théâtre, et qu'il est du tout[34] impossible que
ses pièces ne réussissent pas, tant il sait bien de quelle manière il
faut attacher l'esprit de l'auditeur. En effet, nous voyons qu'après
avoir fait voir, dans la scène précédente, [6] un père pédagogue,
qui tâche de persuader à sa fille que la richesse est préférable à
l'amour, il fait parler dans celle-ci (afin de divertir l'auditeur par
la variété de la matière) une veuve suivante de Célie, et confidente
tout ensemble, qui s'étonne de quoi[35] sa maîtresse répond par
des larmes à des offres d'hymen ; et après avoir dit qu'elle ne
ferait pas de même si l'on la voulait marier, elle trouve moyen
de décrire toutes les douceurs du mariage ; ce qu'elle exécute si
bien, qu'elle en fait naître l'envie à celles qui n'en ont pas tâté.

---

32   Tant qu'il fait sa cour avant le mariage.
33   Sot.
34   Tout à fait.
35   De ce que.

Sa maîtresse, comme font d'ordinaire celles qui n'ont jamais été
mariées, l'écoute avec attention et ne recule le temps de jouir de
ses douceurs que parce qu'elle les veut goûter avec Lélie, qu'elle
aime parfaitement, et qu'elles se changent toutes en amertume,
lorsqu'on les goûte avec une personne que l'on n'aime pas ; c'est
pourquoi elle montre à sa suivante le portrait de Lélie, pour la
faire tomber d'accord de la bonne mine de ce galant, et du sujet[36]
qu'elle a de l'aimer. Vous m'objecterez peut-être que cette fille[37]
le doit connaître, puisqu'elle demeure avec Célie, et que son père
l'ayant [7] promise à Lélie, cet amant était souvent venu voir sa
maîtresse ; mais je vous répondrai que Lélie était à la campagne
devant[38] qu'elle demeurât avec elle. Après cette digression, pour
la justification de notre auteur, voyons quels effets ce portrait
produit. Celle qui peu auparavant disait qu'il ne fallait jamais
rejeter des offres d'hymen, avoue que Célie a sujet d'aimer
tendrement un homme si bien fait, et Célie, songeant qu'elle
sera peut-être contrainte d'en épouser un autre, s'évanouit ; sa
confidente appelle du secours. Cependant qu'il en viendra, vous
pouvez lire ces vers qui vous le feront attendre sans impatience.

LA SUIVANTE

Quoi ? Refuser, Madame, avec cette rigueur,
Ce que tant d'autres gens voudraient de tout leur
[cœur ?
65   À des offres d'hymen répondre par des larmes,
Et tarder tant à dire un oui si plein de charmes ?
Hélas ! que ne veut-on aussi me marier !
Ce ne serait pas moi qui se[39] ferait prier ;
Et loin qu'un pareil oui me donnât de la peine,
70   Croyez que j'en dirais bien vite une douzaine.

---

36 De la raison.
37 La Suivante.
38 Avant.
39 Me ; le XVIIᵉ siècle employait ainsi *se* avec la première personne (et avec
la seconde).

Le précepteur qui fait répéter la leçon
À votre jeune frère a fort bonne raison
Lorsque, nous discourant des choses de la terre,
Il dit que la femelle est ainsi que le lierre,
75   Qui croît beau[40] tant qu'à l'arbre il se tient bien
                                        [serré, [8]
Et ne profite point s'il en est séparé.
Il n'est rien de plus vrai, ma très chère maîtresse,
Et je l'éprouve en moi, chétive pécheresse[41].
Le bon Dieu fasse paix à mon pauvre Martin[42] !
80   Mais j'avais, lui vivant, le teint d'un chérubin[43],
L'embonpoint[44] merveilleux, l'œil gai, l'âme contente ;
Et je suis maintenant ma commère dolente[45].
Pendant cet heureux temps, passé comme un éclair,
Je me couchais sans feu dans le fort[46] de l'hiver ;
85   Sécher même les draps[47] me semblait ridicule.
Et je tremble à présent dedans la canicule.
Enfin il n'est rien tel, Madame, croyez-moi,
Un mari sert beaucoup la nuit auprès de soi[48] ;
Ne fût-ce que pour l'heur[49] d'avoir qui vous salue
90   D'un *Dieu vous soit en aide*[50] *!* alors qu'on éternue.

---

40   Bellement, bien.
41   Méprisable pécheresse.
42   C'est le nom du défunt mari de la Suivante.
43   Le teint frais et resplendissant d'un ange.
44   *Embonpoint* : état de bonne santé, bonne mine.
45   La *commère dolente* est une personne qui se plaint toujours ; la Suivante
     est devenue celle qu'on appelle *ma commère dolente*.
46   Au plus fort.
47   *Sécher les draps* du lit en hiver, c'est leur ôter leur humidité en passant
     la bassinoire.
48   Ce vers 88 manque dans l'original. Je donne celui qu'on trouve dans 1663.
     1682 porte : *Que d'avoir un mari, la nuit auprès de soi.*
49   Le bonheur.
50   Formule équivalant au moderne *À vos souhaits !*

CÉLIE

Peux-tu me conseiller de commettre un forfait,
D'abandonner Lélie, et prendre ce mal-fait[51] ?

LA SUIVANTE

Votre Lélie aussi n'est, ma foi, qu'une bête,
Puisque si hors de temps[52] son voyage l'arrête ;
95   Et la grande longueur de son éloignement
Me le fait soupçonner de quelque changement.

CÉLIE, *lui montrant le portrait de Lélie.*

Ah ! ne m'accable point par ce triste présage !
Vois attentivement les traits de ce visage :
Ils jurent à mon cœur d'éternelles ardeurs ;
100   Je veux croire après tout qu'ils ne sont pas menteurs,
Et comme c'est celui que l'art y représente,
Il conserve à mes feux une amitié constante[53].

LA SUIVANTE   [9]

Il est vrai que ces traits marquent[54] un digne amant,
Et que vous avez lieu de l'aimer tendrement.

CÉLIE

105   Et cependant il faut… Ah ! soutiens-moi !
            Laissant tomber le portrait de Lélie.

LA SUIVANTE

                                   Madame,

---

51   Valère, le nouveau et laid prétendant.
52   Au-delà du délai raisonnable.
53   Et comme Lélie est bien tel que le peintre l'a représenté (le peintre lui
     a donné une mine loyale et constante), son amour est constant et fidèle
     à mon amour.
54   Indiquent.

D'où vous pourrait venir… ? Ah ! bons dieux ! elle
[pâme.
Hé vite, holà, quelqu'un !

Scène III
CÉLIE, LA SUIVANTE, SGANARELLE

Cette scène est fort courte, et Sganarelle, comme un des plus
proches voisins de Célie, accourt aux cris de cette Suivante qui
lui donne sa maîtresse à soutenir ; cependant qu'elle va chercher
encore du secours d'un autre côté, comme vous pouvez voir par
ce qui suit.

SGANARELLE
Qu'est-ce donc ? Me voilà.

LA SUIVANTE
Ma maîtresse se meurt.

SGANARELLE
Quoi ? n'est-ce que cela ?
Je croyais tout perdu, de crier[55] de la sorte.   [10]
110   Mais approchons pourtant. Madame, êtes-vous
[morte ?
Hays ! elle ne dit mot.

LA SUIVANTE
Je vais faire venir
Quelqu'un pour l'emporter. Veuillez la soutenir !

───────────

55   À vous entendre crier.

Scène IV
CÉLIE, SGANARELLE, SA FEMME

Cette scène n'est pas plus longue que la précédente, et la femme de Sganarelle, regardant par la fenêtre, prend de la jalousie de son mari, à qui elle voit tenir une femme entre ses bras, et descend pour le surprendre, cependant qu'il aide à remporter Célie chez elle. Ce que vous pourrez voir en lisant ces vers.

SGANARELLE, *en lui passant la main sur le sein.*
Elle est froide partout et je ne sais qu'en dire.
Approchons-nous pour voir si sa bouche respire.
115   Ma foi, je ne sais pas, mais j'y trouve encor, moi,
Quelque signe de vie.

LA FEMME DE SGANARELLE,
regardant par la fenêtre.
                    Ah ! qu'est-ce que je vois ?
Mon mari dans ses bras... ! Mais je m'en vais
                    [descendre : [11]
Il me trahit sans doute[56], et je veux le surprendre.

SGANARELLE
Il faut se dépêcher de l'aller secourir.
120   Certes, elle aurait tort de se laisser mourir :
Aller en l'autre monde est très grande sottise,
Tant que dans celui-ci l'on peut être de mise[57].
Il l'emporte avec un homme que la suivante amène.

---

56   Sans aucun doute.
57   *Être de mise*, pour une monnaie, c'est avoir cours ; « on dit figurément qu'un *homme est de mise* pour dire qu'il est bien fait de sa personne, qu'il a de l'esprit, qu'il est propre au commerce du monde » (*Dictionnaire* de l'Académie).

Scène V

LA FEMME DE SGANARELLE, *seule.*

L'auteur qui, comme nous avons dit ci-dessus, sait tout à fait bien ménager[58] l'esprit de son auditeur, après l'avoir diverti dans les deux précédentes scènes, dont la beauté consiste presque toute dans l'action[59], l'attache dans celle-ci par un raisonnement si juste, que l'on ne pourra qu'à peine se l'imaginer, si l'on en considère la matière ; mais il n'appartient qu'à des plumes comme la sienne à[60] faire beaucoup de peu, et voici pour satisfaire votre curiosité le sujet de cette scène. La femme de Sganarelle étant descendue, et n'ayant point trouvé son mari, fait éclater sa jalousie, mais d'une manière si sur-[12]prenante et si extraordinaire, que quoique cette matière ait été fort souvent rebattue, jamais personne ne l'a traitée avec tant de succès, d'une manière si contraire à celle de toutes les autres femmes, qui n'ont recours qu'aux emportements en de semblables rencontres, et comme il m'a été presque impossible de vous l'exprimer aussi bien que lui. Ces vers vous en feront connaître la beauté.

LA FEMME DE SGANARELLE, *seule.*

Il s'est subitement éloigné de ces lieux,
Et sa fuite a trompé mon désir curieux.
125 Mais de sa trahison je ne fais plus de doute,
Et le peu que j'ai vu me la découvre toute.
Je ne m'étonne plus de l'étrange[61] froideur
Dont je le vois répondre à ma pudique ardeur[62] :
Il réserve, l'ingrat, ses caresses à d'autres,

---

58 Préparer, manœuvrer habilement.
59 Il s'agit toujours de l'*actio* scénique.
60 De.
61 Sens fort de *étrange* : anormale, scandaleuse.
62 Cette épouse insatisfaite annonce un peu la Cléanthis d'*Amphitryon*, qui se plaindra également de la froideur de son mari Sosie.

130 Et nourrit leurs plaisirs par le jeûne des nôtres.
Voilà de nos maris le procédé commun :
Ce qui leur est permis leur devient importun.
Dans les commencements ce sont toutes merveilles ;
Ils témoignent pour nous des ardeurs nonpareilles.
135 Mais les traîtres bientôt se lassent de nos feux,
Et portent autre part ce qu'ils doivent chez eux.
Ah ! que j'ai de dépit[63] que la loi n'autorise
À changer de mari comme on fait de chemise !
Cela serait commode ; et j'en sais telle[64] ici
140 Qui comme moi, ma foi, le voudrait bien aussi.
      En ramassant le portrait
      que Célie avait laissé tomber.
Mais quel est ce bijou que le sort me présente ?
L'émail en est fort beau, la gravure charmante.
Ouvrons.

Scène VI   [13]
SGANARELLE ET SA FEMME

Quelques beautés que l'auteur ait fait voir dans la scène précédente, ne croyez pas qu'il soit de ceux qui souvent après un beau début donnent (pour parler vulgairement) du nez en terre puisque, plus vous avancerez dans la lecture de cette pièce, plus vous y découvrirez de beautés ; et pour en être persuadé, il ne faut que jeter les yeux sur cette scène, qui en fait le fondement. Célie, en s'évanouissant, ayant laissé tomber le portrait de son amant, la femme de Sganarelle le ramasse, et comme elle le considère attentivement, son mari ayant aidé à reporter Célie chez elle, rentre sur la scène et regarde par-dessus l'épaule de sa femme ce qu'elle considère ; et voyant ce portrait, commence d'entrer en quelque

---

63 Le *dépit* est une irritation violente, un ressentiment profond.
64 *Tel*, dans toutes les éditions anciennes, est à corriger.

sorte de jalousie, lorsque sa femme s'avise de le sentir, ce qui confirme ses soupçons, dans la pensée qu'il a qu'elle le baise ; mais [B] [14] il ne doute bientôt plus qu'il est de la grande confrérie[65], quand il entend dire à sa femme qu'elle souhaiterait d'avoir un époux d'une aussi bonne mine. C'est alors qu'en la surprenant, il lui arrache ce portrait. Mais devant que de parler[66] des discours qu'ils tiennent ensemble sur le sujet de leur jalousie, il est à propos de vous dire qu'il ne s'est jamais rien vu de si agréable que les postures de Sganarelle : quand il est derrière sa femme, son visage et ses gestes expriment si bien la jalousie qu'il ne serait pas nécessaire qu'il parlât pour paraître le plus jaloux de tous les hommes[67]. Il reproche à sa femme son infidélité et tâche de lui persuader qu'elle est d'autant plus coupable qu'elle a un mari qui (soit pour les qualités du corps, soit pour celles de l'esprit) est entièrement parfait. Sa femme qui d'un autre côté croit avoir autant et plus de sujet que lui d'avoir martel en tête[68], s'emporte contre lui en lui redemandant son bijou ; tellement que chacun croyant avoir raison, cette dispute donne un agréable divertissement à l'auditeur, à quoi Sganarelle contribue beaucoup par des gestes qui sont inimitables et qui ne se peuvent exprimer sur le papier. [15] Sa femme étant lasse d'ouïr ses reproches lui arrache le portrait qu'il lui avait pris et s'enfuit ; et Sganarelle court après elle. Vous auriez sujet de me quereller, si je ne vous envoyais pas les vers d'une scène qui fait le fondement de cette pièce ; c'est pourquoi je satisfais à votre curiosité.

SGANARELLE
On la croyait[69] morte, et ce n'était rien.

---

65   La grande confrérie des maris trompés, des cocus.
66   Avant de parler.
67   On en disait autant au XVIIe siècle des postures et grimaces de l'Italien
       Scaramouche, qui jouait en alternance avec le Français Molière au Petit-
       Bourbon, et qui lui apprit beaucoup.
68   De se tourmenter.
69   L'hémistiche s'achève après ce verbe : césure enjambante que Molière a
       laissée passer.

Il n'en faut plus qu'autant[70] ; elle se porte bien.

145   Mais j'aperçois ma femme.

SA FEMME [*se croyant seule*[71].]
                    Ô ciel ! C'est miniature[72],
Et voilà d'un bel homme une vive peinture.

SGANARELLE, *à part, et regardant*
        sur l'épaule de sa femme.
Que considère-t-elle avec attention[73] ?
Ce portrait, mon honneur[74], ne nous dit rien de bon.
D'un fort vilain soupçon je me sens l'âme émue.

SA FEMME, *sans l'apercevoir, continue.*
150   Jamais rien de plus beau ne s'offrit à ma vue ;
Le travail plus que l'or s'en doit encor priser.
Hon ! que cela sent bon[75] !

SGANARELLE, *à part.*
                    Quoi ? peste ! le baiser !
Ah ! j'en tiens[76].

SA FEMME, *poursuit.*
            Avouons qu'on doit être ravie

---

70   Il n'y a plus qu'à recommencer.
71   Didascalie de 1734.
72   *Miniature* (ou *mignature* au XVIIe siècle) : peinture plus délicate que les
     autres, qui demande à être regardée de près, dit Furetière.
73   Diérèse.
74   Sganarelle s'adresse à son honneur d'époux ; dès lors va le tarauder le
     soupçon d'être cocu.
75   La femme approche seulement la miniature pour la sentir ; Sganarelle
     croit qu'elle la baise.
76   Je suis attrapé, trompé ; je suis cocu.

Quand d'un homme ainsi fait on se peut voir servie[77] ;
155   Et que, s'il en contait avec attention[78],   [B ij] [16]
Le penchant serait grand à la tentation.
Ah! que n'ai-je un mari d'une aussi bonne mine,
Au lieu de mon pelé, de mon rustre...!

   SGANARELLE, *lui arrachant le portrait.*
                                    Ah! mâtine[79]!
Nous vous y surprenons en faute contre nous,
160   Et[80] diffamant l'honneur de votre cher époux.
Donc, à votre calcul, ô ma trop digne femme,
Monsieur, tout bien compté, ne vaut pas bien
                                    [Madame?
Et, de par Belzébuth qui vous puisse emporter,
Quel plus rare parti[81] pourriez-vous souhaiter?
165   Peut-on trouver en moi quelque chose à redire?
Cette taille, ce port, que tout le monde admire,
Ce visage si propre à donner de l'amour,
Pour qui mille beautés soupirent nuit et jour;
Bref, en tout et partout, ma personne charmante
170   N'est donc pas un morceau dont vous soyez
                                    [contente?
Et pour rassasier votre appétit gourmand,
Il faut à son mari le ragoût d'un galant[82]?

---

77 Courtisée.
78 S'il faisait une cour assidue et précise.
79 Injure populaire qui assimile à un chien, à un mâtin.
80 Orig. : *En.*
81 Quel mari plus extraordinaire.
82 Le *ragoût* est un mets avec sauce et ingrédients « pour donner de l'appétit
à ceux qui l'ont perdu » (Furetière); au menu qui n'excite plus son appétit
(son mari), la femme de Sganarelle doit ajouter un plat plus relevé qui
réveillera (un amant).

SA FEMME

J'entends à demi-mot où va la raillerie.
Tu crois par ce moyen...

SGANARELLE

À d'autres, je vous prie !
175 La chose est avérée, et je tiens dans mes mains
Un bon certificat du mal dont je me plains[83].

SA FEMME

Mon courroux n'a déjà que trop de violence[84],
Sans le charger encor d'une nouvelle offense.
Écoute, ne crois pas retenir mon bijou,
180 Et songe un peu...

SGANARELLE

Je songe à te rompre le cou.
Que ne puis-je, aussi bien que je tiens la copie, [17]
Tenir l'original !

SA FEMME

Pourquoi ?

SGANARELLE

Pour rien, m'amie[85].
Doux objet de mes vœux, j'ai grand tort de crier,
Et mon front[86] de vos dons vous doit remercier.
Regardant le portrait de Lélie.

---

83 Le cocuage.
84 Diérèse.
85 Ancienne forme de ce que nous disons *mon amie*.
86 Il y sent pousser les cornes du cocu. – Diérèse sur *remercier*.

185   Le voilà, le beau fils, le mignon de couchette[87],
Le malheureux tison de ta flamme secrète,
Le drôle avec lequel…!

SA FEMME
Avec lequel…? Poursuis!

SGANARELLE
Avec lequel, te dis-je… et j'en crève d'ennuis[88].

SA FEMME
Que me veut donc par là conter ce maître ivrogne?

SGANARELLE
190   Tu ne m'entends que trop, Madame la carogne[89].
Sganarelle est un nom qu'on ne me dira plus,
Et l'on va m'appeler seigneur Cornelius[90].
J'en suis pour mon honneur; mais à toi qui me l'ôtes,
Je t'en ferai du moins pour un bras ou deux côtes[91].

SA FEMME
195   Et tu m'oses tenir de semblables discours?

SGANARELLE
Et tu m'oses jouer de ces diables de tours?

---

87   « On appelle *mignon de couchette* un beau jeune homme propre à faire l'amour (*i. e.* : à courtiser les femmes) » (FUR.).

88   Au XVIIe siècle, *ennui* a le sens fort de « chagrin, tourment, désespoir ».

89   Déjà le Barbouillé (*La Jalousie du Barbouillé*, sc. 4) traitait rudement Cathau et sa femme Angélique de *carognes*, de femmes de mauvaise vie. *Carogne* est un doublet de *charogne*.

90   Plaisanterie trouvée aussi chez les Italiens, pour désigner le seigneur cornu, le seigneur cocu. Certaines éditions ont *Corneillius*.

91   Je te casserai du moins un bras ou deux côtes en te battant.

SA FEMME

Et quels diables de tours ? Parle donc sans rien
[feindre !

SGANARELLE

Ah ! cela ne vaut pas la peine de se plaindre !
D'un panache de cerf[92] sur le front me pourvoir,
200 Hélas ! voilà vraiment un beau venez-y-voir[93] !

SA FEMME   [B iij] [18]

Donc, après m'avoir fait la plus sensible offense
Qui puisse d'une femme exciter la vengeance[94],
Tu prends d'un feint courroux le vain amusement[95]
Pour prévenir l'effet de mon ressentiment ?
205 D'un pareil procédé l'insolence est nouvelle :
Celui qui fait l'offense est celui qui querelle.

SGANARELLE

Eh ! la bonne effrontée ! À voir ce fier[96] maintien,
Ne la croirait-on pas une femme de bien ?

SA FEMME

Va, poursuis ton chemin, cajole[97] tes maîtresses,
210 Adresse-leur tes vœux et fais-leur des caresses ;
Mais rends-moi mon portrait sans te jouer de moi !
Elle lui arrache le portrait et s'enfuit.

---

92 Cette image du cocuage, nous l'avons vu, est constante dans la tradition
des farces et des petites comédies.
93 « On dit *Voilà un beau venez-y-voir* pour dire : c'est une chose dont on
fait peu de cas » (Furetière).
94 Elle croit avoir surpris son mari Sganarelle en train de la tromper.
95 Tu m'amuses, tu me retardes, tu essaies de faire diversion en faisant
semblant d'être en colère.
96 Farouche.
97 Courtise.

SGANARELLE, *courant après elle.*
Oui, tu crois m'échapper. Je l'aurai malgré toi.

Scène VII
LÉLIE, GROS-RENÉ

Lélie avait déjà trop causé de trouble dans l'esprit de tous
nos acteurs, pour ne pas venir faire paraître les siens sur la scène.
En effet, il n'y arrive pas plutôt que l'on voit la tristesse peinte
sur son visage. Il fait voir[98] que de la campagne où il était, il
s'est rendu au plus tôt à Paris, sur le bruit de l'hymen de Célie.
Comme il est [19] tout nouvellement arrivé, son valet le presse
d'aller manger un morceau devant que[99] d'aller apprendre des
nouvelles de sa maîtresse ; mais il n'y veut pas consentir, et voyant
que son valet l'importune, il l'envoie manger, cependant qu'il
va chercher à se délasser des fatigues de son voyage auprès de sa
maîtresse. Remarquez, s'il vous plaît, ce que cette scène contient,
et je vous ferai voir en un autre endroit que l'auteur a infiniment
de l'esprit de l'avoir placée si à propos ; et pour vous en mieux
faire ressouvenir, en voici les vers.

GROS-RENÉ
Enfin, nous y voici. Mais, Monsieur, si je l'ose,
Je voudrais vous prier de me dire une chose.

LÉLIE
215   Eh bien, parle !

GROS-RENÉ
              Avez-vous le diable dans le corps
Pour ne pas succomber à de pareils efforts ?

---

98   Il déclare, il raconte.
99   Avant que.

Depuis huit jours entiers, avec vos longues traites,
Nous sommes à piquer de chiennes de mazettes[100],
De qui le train maudit nous a tant secoués,

220 Que je m'en sens pour moi tous les membres roués[101],
Sans préjudice encor d'un accident bien pire,
Qui m'afflige un endroit que je ne veux pas dire[102].
Cependant, arrivé, vous sortez bien et beau[103],
Sans prendre de repos, ni manger un morceau.

LÉLIE   [B iiij] [20]

225 Ce grand empressement n'est point digne de blâme :
De l'hymen de Célie on alarme mon âme.
Tu sais que je l'adore ; et je veux être instruit,
Avant tout autre soin[104], de ce funeste bruit[105].

GROS-RENÉ

Oui ; mais un bon repas vous serait nécessaire[106],

230 Pour s'aller[107] éclaircir, Monsieur, de cette affaire ;
Et votre cœur, sans doute, en deviendrait plus fort

---

100 Une *mazette* est un mauvais cheval ; l'expression dépréciative *chiennes de*,
    particulièrement amusante ici, renforce l'idée de montures détestables
    qu'il a fallu faire avancer à coups d'éperons.
101 Est *roué* celui qui a subi le supplice de la roue ; par exagération, Gros-
    René est tellement moulu par la pénible chevauchée forcée et las, que
    ses membres sont comme roués.
102 Ses fesses ont souffert de la chevauchée !
103 Bel et bien, quoi qu'il en coûte.
104 Souci, préoccupation.
105 De la réalité de cette nouvelle terrible pour moi.
106 Cette opposition des préoccupations, matérielles chez le valet et amou-
    reuses chez le maître, n'est pas sans rappeler la sc. 6 de *L'École des cocus, ou
    La Précaution inutile* de Dorimond (1659), où le maître Léandre n'a souci
    que des belles filles du pays, alors que son valet Trapolin ne recherche
    que les cabarets avec leurs bons morceaux et leurs bons vins.
107 On attendrait *vous aller* ; le XVIIe siècle présente de ces ruptures de l'accord
    en personne du pronom personnel. *Cf. supra*, la note du vers v. 68.

Pour pouvoir résister aux attaques du sort.
J'en juge par moi-même ; et la moindre disgrâce[108],
Lorsque je suis à jeun, me saisit, me terrasse.
235   Mais quand j'ai bien mangé, mon âme est ferme à
                                          [tout,
Et les plus grands revers n'en viendraient pas à bout.
Croyez-moi : bourrez-vous[109], et sans réserve aucune,
Contre les coups que peut vous porter la fortune ;
Et pour fermer chez vous l'entrée à la douleur,
240   De vingt verres de vin entourez votre cœur !

LÉLIE

Je ne saurais manger.

GROS-RENÉ, *à part ce demi-vers.*
                    Si ferai[110] bien moi, je meure[111] !
Votre dîner pourtant serait prêt tout à l'heure[112].

LÉLIE

Tais-toi, je te l'ordonne !

GROS-RENÉ
                    Ah ! quel ordre inhumain !

LÉLIE

J'ai de l'inquiétude, et non pas de la faim.

---

108 Malheur, infortune.
109 Bourrez-vous, chargez-vous de nourriture, comme on charge un fusil
    de bourre.
110 Comprendre : moi, je mangerai bien.
111 Subjonctif sans *que* ; comprendre : que je meure si je ne souhaite pas
    manger ! Moi, je mangerais bien, sur ma vie !
112 Votre déjeuner (*dîner*) serait prêt sur-le-champ (*tout à l'heure*).

GROS-RENÉ

245   Et moi, j'ai de la faim, et de l'inquiétude
De voir qu'un sot amour fait toute votre étude[113].

LÉLIE   [21]
Laisse-moi m'informer de l'objet de mes vœux[114].
Et, sans m'importuner, va manger si tu veux !

GROS-RENÉ
Je ne réplique point à ce qu'un maître ordonne.

Scène VIII

LÉLIE, *seul.*
Je ne vous dirai rien de cette scène, puisqu'elle ne
contient que ces trois vers.

LÉLIE, *seul.*

250   Non, non, à trop de peur mon âme s'abandonne :
Le père m'a promis, et la fille a fait voir
Des preuves d'un amour qui soutient mon espoir.

Scène IX
SGANARELLE, LÉLIE

C'est ici que l'auteur fait voir qu'il ne sait pas moins bien
représenter une pièce, qu'il la sait composer ; puis[B v] [22]que
l'on ne vit jamais rien de si bien joué que cette scène. Sganarelle,
ayant arraché à sa femme le portrait qu'elle lui venait de reprendre,
vient pour le considérer à loisir, lorsque Lélie, voyant que cette

---

113 *Étude* : soin particulier apporté à quelque chose, zèle.
114 Célie, l'objet de son amour.

boîte ressemblait fort à celle où était le portrait qu'il avait donné
à sa maîtresse, s'approche de lui pour le regarder par-dessus son
épaule ; tellement que Sganarelle voyant qu'il n'a pas le loisir
de considérer ce portrait comme il le voudrait bien, et que de
quelque côté qu'il se puisse tourner, il est obsédé par Lélie ; et
Lélie enfin de son côté ne doutant plus que ce ne soit son portrait, et impatient de savoir de qui Sganarelle peut l'avoir eu,
s'enquiert de lui comment il est tombé entre ses mains. Ce désir
étonne Sganarelle ; mais sa surprise cesse bientôt, lorsque après
avoir bien examiné ce portrait, il reconnaît que c'est celui de
Lélie. Il lui dit qu'il sait bien le souci qui le tient, qu'il connaît
bien que c'est son portrait, et le prie de cesser un amour qu'un
mari peut trouver fort mauvais. Lélie lui demande s'il est mari
de celle qui conservait ce gage. Sganarelle lui dit qu'oui, et qu'il
en est mari très marri[115], [23] qu'il en sait bien la cause, et qu'il
va sur l'heure l'apprendre aux parents de sa femme. Et moi
cependant je m'en vais vous apprendre les vers de cette scène.
Il faut que vous preniez garde qu'un agréable malentendu est
ce qui fait la beauté de cette scène, et que subsistant pendant
le reste de la pièce entre les quatre principaux acteurs, qui sont
Sganarelle, sa femme, Lélie et sa maîtresse, qui ne s'entendent
pas, il divertit merveilleusement l'auditeur, sans fatiguer son
esprit, tant il naît naturellement, et tant sa conduite est admirable dans cette pièce.

SGANARELLE [, *sans voir Lélie,*
et tenant dans ses mains le portrait[116].]
Nous l'avons, et je puis voir à l'aise la trogne
Du malheureux pendard qui cause ma vergogne[117].
255   Il ne m'est point connu.

---

115 Contrarié, fâché – avec le jeu sonore *mari/marri*.
116 Didascalie de 1734.
117 Ma honte (celle d'être cocu).

LÉLIE, *à part.*

Dieu! qu'aperçois-je ici?
Et si c'est mon portrait, que dois-je croire aussi?

SGANARELLE, *continue.*

Ah! pauvre Sganarelle! à quelle destinée
Ta réputation est-elle condamnée!
*Apercevant Lélie qui le regarde,
il se retourne d'un autre côté.*
Faut...

LÉLIE, *à part.*   [B vj] [24]

Ce gage ne peut, sans alarmer ma foi[118],
260 Être sorti des mains qui le tenaient de moi.

SGANARELLE [, *à part*[119].]

Faut-il que désormais à deux doigts l'on te montre[120],
Qu'on te mette en chansons, et qu'en toute
                                          [rencontre[121]
On te rejette au nez le scandaleux affront
Qu'une femme mal née[122] imprime sur ton front?

LÉLIE, *à part.*

Me trompé-je?

---

118 Si son portrait a quitté les mains de Célie, Lélie craint pour son amour;
      lui est resté fidèle, et non Célie.
119 Didascalie de 1734.
120 On montre un cocu du doigt, figurément : on le désigne à la vindicte de
      tous ; mais, retour au sens matériel de l'expression, avec les deux doigts
      qui figurent ses cornes!
121 Occasion, circonstance.
122 D'origine roturière.

SGANARELLE [, *à part*[123].]

265   Ah! truande, as-tu bien le courage[124]
De m'avoir fait cocu dans la fleur de mon âge?
Et femme d'un mari qui peut passer pour beau,
Faut-il qu'un marmouset[125], un maudit
                          [étourneau[126]… ?

LÉLIE, *à part,*
et regardant encore son portrait.
Je ne m'abuse point : c'est mon portrait lui-même.

SGANARELLE *lui tourne le dos.*

270   Cet homme est curieux.

LÉLIE, *à part.*
                Ma surprise est extrême.

SGANARELLE
À qui donc en a-t-il?

LÉLIE, *à part.*
              Je le veux accoster.
              Haut.
Puis-je[127]… ? Hé! de grâce, un mot!

---

123 Didascalie de 1734.
124 Le *courage* est le cœur, comme siège du sentiment ou de la volonté ;
    Sganarelle ne peut pas admettre que sa femme ait des sentiments et
    une ardeur tels qu'elle le fait cocu.
125 *Marmouset* : « figure d'homme mal peinte », dit FUR. ; et il ajoute : « on
    le dit aussi d'un homme mal bâti ».
126 Un *étourneau* est un homme léger et inconsidéré.
127 En 1734, on trouve ici la didascalie suivante : « *Sganarelle veut s'éloigner* ».

SGANARELLE, *le fuit encore.*

Que me veut-il
[conter ?

LÉLIE

Puis-je obtenir de vous de savoir l'aventure
Qui fait dedans vos mains trouver cette peinture ?

SGANARELLE, *à part,*
et examinant le portrait qu'il tient et[128] *Lélie.*   [25]
275 D'où lui vient ce désir ? Mais je m'avise ici…
Ah ! ma foi, me voilà de son trouble éclairci !
Sa surprise à présent n'étonne plus mon âme :
C'est mon homme, ou plutôt c'est celui de ma
[femme.

LÉLIE

Retirez-moi de peine, et dites d'où vous vient…

SGANARELLE

280 Nous savons, Dieu merci, le souci qui vous tient.
Ce portrait qui vous fâche est votre ressemblance ;
Il était en des mains de votre connaissance ;
Et ce n'est pas un fait qui soit secret pour nous
Que les douces ardeurs de la dame et de vous.
285 Je ne sais pas si j'ai, dans sa galanterie[129],
L'honneur d'être connu de votre seigneurie ;
Mais faites-moi celui de cesser désormais

---

128 Orig. : *de.*
129 Sganarelle fait mine de s'adresser à Lélie avec le respect qu'on doit à un
grand seigneur (voir le *votre seigneurie* du vers suivant) ; il marque donc
ce respect en parlant de Lélie et de ses qualités à la troisième personne :
dans sa galanterie. Comprendre cette dernière expression ainsi : vous
qui êtes un galant, vous qui avez une aventure avec ma femme.

Un amour qu'un mari peut trouver fort mauvais.
Et songez que les nœuds du sacré mariage…

LÉLIE

290   Quoi ? celle, dites-vous, dont vous tenez ce gage… ?

SGANARELLE

Est ma femme, et je suis son mari.

LÉLIE

Son mari ?

SGANARELLE

Oui, son mari, vous dis-je, et mari très marri[130].
Vous en savez la cause, et je m'en vais l'apprendre
Sur l'heure à ses parents.

Scène x   [26]
LÉLIE, *seul*[131]

Lélie se plaint dans cette scène de l'infidélité de sa maîtresse ; et l'outrage qu'elle lui fait ne l'abattant pas moins que
les longs travaux[132] de son voyage, le fait tomber en faiblesse.
Plusieurs ont assez ridiculement repris[133] cette scène, sans avoir
pour justifier leur impertinence autre chose à dire sinon que
l'infidélité d'une maîtresse n'était pas capable de faire évanouir
un homme. D'autres ont dit encore que cet évanouissement
était mal placé, et que l'on voyait bien que l'auteur ne s'en était
servi que pour faire naître l'incident qui paraît ensuite. Mais je
répondrai en deux mots aux uns et aux autres. Et je dis d'abord

---

130 Contrarié, fâché ; le jeu de mots *mari/marri* était ordinaire.
131 L'original *seule* doit être corrigé.
132 Fatigues.
133 Critiqué.

aux premiers qu'ils n'ont pas bien considéré que l'auteur avait préparé cet incident longtemps devant[134], et que l'infidélité de la maîtresse de Lélie n'est pas seule la cause de son évanouissement, qu'il en a encore deux puissantes raisons, dont l'une est les [27] longs et pénibles travaux[135] d'un voyage de huit jours qu'il avait fait en poste[136], et l'autre qu'il n'avait point mangé depuis son arrivée, comme l'auteur l'a découvert ci-devant aux auditeurs, en faisant que Gros-René le presse d'aller manger un morceau afin de pouvoir résister aux attaques du sort (et c'est pour cela que je vous ai prié de remarquer la scène qu'ils font ensemble), tellement il n'est pas impossible qu'un homme qui arrive d'un long voyage, qui n'a point mangé depuis son arrivée, et qui apprend l'infidélité d'une maîtresse, s'évanouisse. Voilà ce que j'ai à dire aux premiers censeurs de cet incident miraculeux. Pour ce qui regarde les seconds, quoiqu'ils paraissent le reprendre avec plus de justice, je les confondrai encore plus tôt, et pour commencer à leur faire voir leur ignorance, je veux leur accorder que l'auteur n'a fait évanouir Lélie que pour donner lieu à l'incident qui suit ; mais ne doivent-ils pas savoir que quand un auteur a un bel incident à insérer dans une pièce, s'il trouve des moyens vraisemblables pour le faire naître, il en doit d'autant être plus estimé que la chose est beaucoup plus difficile, et [28] qu'au contraire, s'il ne le fait paraître que par des moyens erronés et tirés par la queue, il doit passer pour un ignorant, puisque c'est une des qualités la plus nécessaire à un auteur que de savoir inventer avec vraisemblance ; c'est pourquoi puisqu'il y a tant de possibilité et de vraisemblance dans l'évanouissement de Lélie, que l'on pourrait dire qu'il était absolument nécessaire qu'il s'évanouisse, puisqu'il aurait paru peu amoureux si, étant arrivé à Paris, il s'était allé amuser[137] à manger, au lieu d'aller trouver sa maîtresse. Ils condamnent des choses qu'ils devraient estimer, puisque la conduite de cet

---

134 Auparavant.
135 Voir *infra* la n. 139.
136 Avec la voiture qui assurait le transport et le courrier.
137 S'il s'était retardé, s'il était allé perdre son temps.

incident avec toutes les préparations nécessaires fait voir que l'auteur pense mûrement à ce qu'il fait et que rien ne se peut égaler à la solidité de son esprit. Voilà quelle est ma pensée là-dessus, et pour vous montrer que les raisons que j'ai apportées sont vraies, vous n'avez qu'à lire ces vers.

LÉLIE, seul.

Ah! que viens-je d'entendre?

295   L'on me l'avait bien dit, et que c'était de tous
L'homme le plus mal fait qu'elle avait pour époux.
Ah! quand mille serments de ta bouche infidèle   [29]
Ne m'auraient pas promis une flamme éternelle,
Le seul mépris d'un choix si bas et si honteux
300   Devait bien soutenir l'intérêt de mes feux[138],
Ingrate, et quelque bien… Mais le sensible outrage
Se mêlant aux travaux[139] d'un assez long voyage,
Me donne tout à coup un choc si violent
Que mon cœur devient faible, et mon corps
[chancelant.

Scène XI

LÉLIE, LA FEMME DE SGANARELLE

Voyons donc si quelqu'un n'aura point de pitié de ce pauvre amant qui tombe en faiblesse. La femme de Sganarelle, en colère contre son mari de ce qu'il lui avait emporté le bijou qu'elle avait trouvé, sort de chez elle, et voyant Lélie qui commençait à s'évanouir, le fait entrer dans sa salle, en attendant que son mal se passe. Jugez, après les transports de la jalousie de Sganarelle, de l'effet que cet incident doit produire, et s'il fut jamais rien

---

138 L'idée d'épouser un mari si mal fait et donc de faire un choix si méprisable, à elle seule aurait dû t'amener à me rester fidèle.
139 Fatigues.

de mieux imaginé. Vous pourrez lire les vers de cette scène, cependant que[140] [30] j'irai voir si Sganarelle a trouvé quelqu'un des[141] parents de sa femme.

LA FEMME DE SGANARELLE,
se tournant vers Lélie.

305   Malgré moi mon perfide[142]... Hélas ! quel mal
                                [vous presse ?
Je vous vois prêt, Monsieur, à tomber en faiblesse.

LÉLIE

C'est un mal qui m'a pris assez subitement.

LA FEMME DE SGANARELLE

Je crains ici pour vous l'évanouissement.
Entrez dans cette salle en attendant qu'il passe.

LÉLIE

310   Pour un moment ou deux j'accepte cette grâce.

Scène XII
SGANARELLE *et* LE PARENT DE SA FEMME

Il faudrait avoir le pinceau de Poussin, Le Brun et Mignard[143] pour vous représenter avec quelle posture Sganarelle se fait admirer dans cette scène, où il paraît avec un parent de sa femme. L'on n'a jamais vu tenir de discours si naïfs[144], [31] ni paraître avec un visage si niais, et l'on ne doit pas moins admirer

---

140 Pendant que.
141 Un des, un quelconque des.
142 Après ces mots, 1734 donne la didascalie : « *Apercevant Lélie* ».
143 Nicolas Poussin, Charles Le Brun et les deux frères Mignard, Nicolas et Pierre, étaient de grands peintres du XVIIᵉ siècle français.
144 Simples, naturels.

l'auteur pour avoir fait cette pièce, que pour la manière dont il la représente. Jamais personne ne sut si bien démonter son visage, et l'on peut dire que dedans cette pièce, il en change plus de vingt fois ; mais comme c'est un divertissement que vous ne pouvez avoir à moins que de venir à Paris voir représenter cet incomparable ouvrage, je ne vous en dirai pas davantage, pour passer aux choses dont je puis plus aisément vous faire part. Ce bon vieillard remontre[145] à Sganarelle que le trop de promptitude expose souvent à l'erreur, que tout ce qui regarde l'honneur est délicat. Ensuite il lui dit qu'il s'informe mieux comment[146] ce portrait est tombé entre les mains de sa femme, et que s'il se trouve qu'elle soit criminelle[147], il sera le premier à punir son offense. Il se retire après cela. Comme je n'ai pas pu dans cette scène vous envoyer le portrait du visage de Sganarelle, en voici les vers.

LE PARENT

D'un mari sur ce point j'approuve le souci.
Mais c'est prendre la chèvre[148] un peu bien vite
                        [aussi ; [32]
Et tout ce que de vous je viens d'ouïr[149] contre elle
Ne conclut point, parent, qu'elle soit criminelle.
315   C'est un point délicat ; et de pareils forfaits,
Sans les bien avérer, ne s'imputent jamais[150].

---

145 Montre, enseigne à nouveau.
146 Il lui conseille de s'informer davantage pour savoir comment.
147 Fautive (le *crime* est la faute).
148 Selon Furetière, *prendre la chèvre* (comme *se cabrer*) signifie « se fâcher à la légère ».
149 Deux syllabes.
150 Sagesse de ce parent (un « bon vieillard » selon Neuf-Villenaine) : on ne porte pas une telle accusation sans la prouver, sans en vérifier l'exactitude, la vérité, sans l'avérer.

SGANARELLE

C'est-à-dire qu'il faut toucher au doigt[151] la chose.

LE PARENT

Le trop de promptitude à l'erreur nous expose.
Qui sait comme en ses mains ce portrait est venu,
320   Et si l'homme, après tout, lui peut être connu ?
Informez-vous-en donc ! Et si c'est ce qu'on pense,
Nous serons les premiers à punir son offense[152].

Scène XIII

SGANARELLE, *seul.*

Sganarelle, pour ne point démentir son caractère, qui fait
voir un homme facile à prendre toutes sortes d'impressions,
croit facilement ce que le bonhomme lui dit, et commence
à se persuader qu'il s'est trop tôt mis dans la tête des visions
cornues[153], lorsque Lélie sortant de chez lui avec sa femme qui
le conduit le fait de nouveau rentrer en jalousie. Les vers qu'il
dit dans cette scène vous feront mieux voir son caractère que
je ne vous l'ai dépeint.

SGANARELLE, *seul.*   [33]

On ne peut pas mieux dire. En effet, il est bon
D'aller tout doucement. Peut-être, sans raison,
325   Me suis-je en tête mis ces visions cornues[154],
Et les sueurs au front m'en sont trop tôt venues.
Par ce portrait enfin dont je suis alarmé

---

151 *Toucher au doigt* ou *toucher du doigt* : voir clairement. Comme l'apôtre
     Thomas voulant toucher les plaies du Christ.
152 L'offense qu'elle vous fait, le déshonneur qu'elle vous cause.
153 Des visions extravagantes, mais ici de cocuage ; voir la note suivante.
154 Comme Sganarelle se voit cocu, *cornu*, il joue certainement sur les mots
     visions cornues.

Mon déshonneur n'est pas tout à fait confirmé.
Tâchons donc par nos soins…

Scène XIV
SGANARELLE, SA FEMME, LÉLIE,
sur la porte de Sganarelle, en parlant à sa femme.

Je ne vous dis rien de cette scène, et je vous laisse juger par
ces vers de la surprise de Sganarelle.

SGANARELLE *poursuit*[155].

Ah! que vois-je? Je meure[156],

330 Il n'est plus question de portrait à cette heure :
Voici, ma foi, la chose en propre original.

LA FEMME DE SGANARELLE, *à Lélie.*

C'est par trop vous hâter, Monsieur; et votre mal,
Si vous sortez sitôt[157], pourra bien vous reprendre.

LÉLIE   [34]

Non, non, je vous rends grâce, autant qu'on puisse
                                              [rendre,
335 De l'obligeant secours que vous m'avez prêté.

SGANARELLE, *à part.*

La masque[158] encore après lui fait civilité[159]!
[*La femme de Sganarelle rentre dans sa maison*[160].]

---

155 La didascalie de 1734 est : *à part, les voyant.*
156 Que je meure (subjonctif). *Je meure* est une sorte de serment renforçant
     une déclaration; voir *supra*, la note du v. 241.
157 Si vite, si promptement.
158 *La masque* est une femme laide ou rouée.
159 Fait des politesses.
160 Didascalie de 1734.

Scène XV
SGANARELLE, LÉLIE

Lélie donne sans y penser le change à Sganarelle dans cette
scène, et ne le surprend pas moins que l'autre a tantôt fait[161],
en lui disant qu'il tenait son portrait des mains de sa femme.
Pour mieux juger de la surprise de Sganarelle, vous pouvez lire
ces vers, dont le dernier est placé si à propos, que jamais pièce
entière n'a fait tant d'éclat que ce vers seul.

SGANARELLE, *à part.*
Il m'aperçoit. Voyons ce qu'il me pourra dire.

LÉLIE, *à part.*
Ah! mon âme s'émeut, et cet objet m'inspire…
Mais je dois condamner cet injuste transport,
340   Et n'imputer mes maux qu'aux rigueurs de mon sort.
Envions seulement le bonheur de sa flamme.   [35]
Passant auprès de lui et le regardant.
Oh! trop heureux d'avoir une si belle femme[162]!

Scène XVI
SGANARELLE, CÉLIE, *regardant aller Lélie.*

L'on peut dire que cette scène en contient deux, puisque
Sganarelle fait une espèce de monologue, pendant que Célie,
qui avait vu sortir son amant d'avec lui, le conduit[163] des yeux,
jusqu'à ce qu'elle l'ait perdu de vue, pour voir si elle ne s'est
point trompée. Sganarelle de son côté regarde aussi en aller

---

161 Et Lélie ne surprend pas moins Sganarelle que Sganarelle l'avait surpris
     auparavant (*tantôt*) en lui disant…
162 Lélie pense évidemment à Célie, qu'il croit mariée à Sganarelle ; et
     Sganarelle pense à sa propre épouse, la femme insatisfaite.
163 Le suit du regard.

Lélie[164], et fait voir le dépit[165] qu'il a de ne lui avoir pas fait insulte, après l'assurance qu'il croit avoir d'être cocu de lui. Célie lui ayant laissé jeter la plus grande partie de son feu, s'en approche pour lui demander si celui qui vient de parler ne lui est pas connu ; mais il lui répond avec sa naïveté[166] ordinaire que c'est sa femme qui le connaît et découvre[167] peu à peu, mais d'une manière tout à fait agréable, que Lélie le [36] déshonore. C'est ici que l'équivoque divertit merveilleusement l'auditeur, puisque Célie, détestant la perfidie de son amant, jetant feu et flammes contre lui, et sortant à dessein de s'en venger, Sganarelle croit qu'elle prend sa défense, et qu'elle ne court à dessein de le punir que pour l'amour de lui. Comme les vers de cette scène donnent à l'auditeur un plaisir extraordinaire, il ne serait pas juste de vous priver de ce contentement. C'est pourquoi, en jetant les yeux sur les lignes suivantes, vous pourrez connaître que l'auteur sait parfaitement bien conduire une[168] équivoque.

SGANARELLE, *sans voir Célie.*
Ce n'est point s'expliquer en termes ambigus.
Cet étrange[169] propos me rend aussi confus
345   Que s'il m'était venu des cornes à la tête[170].
Il se tourne du côté que Lélie s'en vient d'en aller.
Allez, ce procédé n'est point du tout honnête.

---

164 Regarde aussi Lélie s'en aller.
165 Sens fort de *dépit* : ressentiment violent, colère.
166 Simplicité.
167 Fait apparaître clairement.
168 Orig. : *un* ; le genre du mot *équivoque* était incertain au XVIIᵉ siècle. Je modernise.
169 Au XVIIᵉ siècle, étrange peut avoir le sens simple actuel de « surprenant », ou un sens plus fort (« anormal », « scandaleux »).
170 Selon FUR., « on dit d'un homme surpris de quelque nouvelle extraordinaire, qu'il est aussi étonné que si les cornes lui venaient à la tête ». Même jeu avec les cornes du cocu que pour les visions cornues du vers 325.

CÉLIE, *à part*[171].

Quoi ? Lélie a paru tout à l'heure à mes yeux.
Qui[172] pourrait me cacher son retour en ces lieux ?

SGANARELLE *poursuit*[173].

« Oh ! trop heureux d'avoir une si belle femme ! »
350 Malheureux bien plutôt de l'avoir, cette infâme,
Dont le coupable feu[174], trop bien vérifié,
Sans respect ni demi[175] nous a cocufié !
   Célie approche peu à peu de lui
et attend que son transport[176] soit fini pour lui parler.
Mais je le laisse aller après un tel indice,   [37]
Et demeure les bras croisés comme un jocrisse[177] ?
355 Ah ! je devais[178] du moins lui jeter son chapeau[179],
Lui ruer[180] quelque pierre, ou crotter son manteau,
Et sur lui hautement, pour contenter ma rage,
Faire au larron d'honneur[181] crier le voisinage.

---

171 1734 ajoute : *en entrant.*
172 Sens neutre : qu'est-ce qui pourrait.
173 *Sans voir Célie,* ajoute 1734.
174 L'amour adultère.
175 Sans respect ni demi-respect, sans aucun respect. C'était un usage populaire d'ajouter à un mot, pour le nier tout à fait, *ni demi* ; dans *Le Dépit amoureux,* Molière écrit « sans sujet ni demi » (I, 1, v. 60).
176 La manifestation de son désespoir et de sa colère de se croire cocu.
177 *Jocrisse* est un terme injurieux et populaire, pour désigner un benêt qui se laisse mener par sa femme.
178 J'aurais dû (l'indicatif passé marque l'éventualité).
179 Menace vulgaire et sotte.
180 Lancer, jeter.
181 Le *larron d'honneur* est celui qui ôte l'honneur à un mari. Sganarelle aurait dû, pense-t-il, désigner son larron d'honneur Lélie à la vindicte et aux cris du voisinage !

CÉLIE[182]

Celui qui maintenant devers[183] vous est venu
360   Et qui vous a parlé, d'où vous est-il connu ?

SGANARELLE

Hélas ! ce n'est pas moi qui le connaît[184], Madame ;
C'est ma femme.

CÉLIE

           Quel trouble agite ainsi votre âme ?

SGANARELLE

Ne me condamnez point d'un deuil hors de saison[185],
Et laissez-moi pousser des soupirs à foison.

CÉLIE

365   D'où vous peuvent venir ces douleurs non communes ?

SGANARELLE

Si je suis affligé, ce n'est pas pour des prunes ;
Et je le donnerais à[186] bien d'autres qu'à moi
De se voir sans chagrin au point où je me vois.
Des maris malheureux, vous voyez le modèle :
370   On dérobe l'honneur au pauvre Sganarelle.
Mais c'est peu que l'honneur dans mon affliction[187],

---

182 Didascalie de 1734 : *à Sganarelle*.

183 Préposition : du côté de, vers.

184 *Qui* attire ici la troisième personne alors que l'antécédent devrait entraîner
la première.

185 Déplacé, hors de propos.

186 *Le donner à* : donner quelque chose à supporter à quelqu'un ; comprendre :
je mets les autres au défi de supporter sans irritation, sans colère (*chagrin*)
une infortune comme la mienne.

187 Amusante diérèse sur la finale, comme sur celle de *réputation*, qui rime
avec *affliction*.

L'on me dérobe encor la réputation[188].

CÉLIE

Comment ?

SGANARELLE

Ce damoiseau[189], parlant par révérence[190],
Me fait cocu, Madame, avec toute licence[191] ;
375   Et j'ai su par mes yeux avérer[192] aujourd'hui [C] [38]
Le commerce[193] secret de ma femme et de lui.

CÉLIE

Celui qui maintenant…

SGANARELLE

Oui, oui, me déshonore :
Il adore ma femme, et ma femme l'adore.

CÉLIE

Ah ! j'avais bien jugé que ce secret retour
380   Ne pouvait me couvrir[194] que quelque lâche tour ;
Et j'ai tremblé d'abord[195], en le voyant paraître,
Par un pressentiment de ce qui devait être.

SGANARELLE

Vous prenez ma défense avec trop de bonté.

---

188 Diérèse.
189 Selon Furetière, se dit ironiquement d'un homme qui fait le beau fils, d'un galant de profession.
190 Révérence parler ; pour excuser l'inconvenant *cocu* qui va suivre.
191 Liberté.
192 Établir la vérité de. Voir *supra*, la note du v. 316.
193 Relation, fréquentation.
194 Me cacher, me dissimuler.
195 Aussitôt.

Tout le monde n'a pas la même charité ;
385 Et plusieurs qui tantôt ont appris mon martyre,
Bien loin d'y prendre part, n'en ont rien fait que
[rire[196].

CÉLIE

Est-il rien de plus noir que ta[197] lâche action[198],
Et peut-on lui trouver une punition ?
Dois-tu ne te pas croire indigne[199] de la vie,
390 Après t'être souillé de cette perfidie ?
Ô ciel ! est-il possible ?

SGANARELLE

Il est trop vrai pour moi.

CÉLIE

Ah ! traître ! scélérat ! âme double et sans foi[200] !

SGANARELLE

La bonne âme !

CÉLIE

Non, non, l'enfer n'a point de gêne[201]
Qui ne soit pour ton crime une trop douce peine.

SGANARELLE

395 Que voilà bien parler !

---

196 Allusion très probable aux spectateurs de la comédie.
197 Célie s'adresse dès lors à Lélie absent.
198 Encore deux diérèses à la rime.
199 Comprendre : est-il possible que tu te croies digne.
200 Fidélité.
201 *Gêne* : supplice.

CÉLIE   [39]
Avoir ainsi traité
Et la même innocence et la même bonté[202] !

SGANARELLE. *Il soupire haut.*
Hay !

CÉLIE
Un cœur qui jamais n'a fait la moindre chose
A mérité l'affront où ton mépris l'expose[203] !

SGANARELLE
Il est vrai.

CÉLIE
Qui bien loin… Mais c'est trop, et ce cœur
400   Ne saurait y songer sans mourir de douleur.

SGANARELLE
Ne vous fâchez pas tant, ma très chère Madame :
Mon mal vous touche trop, et vous me percez l'âme.

CÉLIE
Mais ne t'abuse pas jusqu'à te figurer
Qu'à des plaintes sans fruit[204] j'en veuille demeurer :
405   Mon cœur, pour se venger, sait ce qu'il te faut faire,
Et j'y cours de ce pas ; rien ne m'en peut distraire.

---

202 L'innocence et la bonté mêmes.
203 Comprendre ainsi l'indignation de Célie : comment un cœur innocent
     a-t-il pu mériter d'être trahi ?
204 Effets, résultat.

Scène XVII
SGANARELLE, *seul.*

Si j'avais tantôt besoin de ces excellents peintres que je vous ai nommés pour vous dépeindre le visage de Sgana-[C ij] [40] relle, j'aurais maintenant besoin et de leur pinceau et de la plume des plus excellents orateurs pour vous décrire cette scène. Jamais il ne se vit rien de plus beau, jamais rien de mieux joué, et jamais vers ne furent si généralement estimés. Sganarelle joue seul dans cette scène, repassant dans son esprit tout ce que l'on peut dire d'un cocu, et les raisons pour lesquelles il ne s'en doit pas mettre en peine, s'en démêle si bien, que son raisonnement pourrait en un besoin consoler ceux qui sont de ce nombre. Je vous envoie les vers de cette scène, afin que si vous connaissez quelqu'un en votre pays qui soit de la confrérie dont Sganarelle se croit être, vous le puissiez par là retirer de la mélancolie où il pourrait s'être plongé.

SGANARELLE, *seul.*

    Que le ciel la préserve à jamais de danger !
    Voyez quelle bonté de vouloir me venger !
    En effet, son courroux, qu'excite ma disgrâce,
410   M'enseigne hautement ce qu'il faut que je fasse ;
    Et l'on ne doit jamais souffrir sans dire mot
    De semblables affronts, à moins qu'être un vrai sot[205].
    Courons donc le chercher, cependant qu'il
                         [m'affronte[206] ;
    Montrons notre courage à venger notre honte.
415   Vous apprendrez, maroufle, à rire à nos dépens,
    Et sans aucun respect faire cocus les gens !

---

205 *Sot* : « homme sans réflexion », et aussi « mari trompé ».
206 *Affronter* : tromper. Nous choisissons le texte de 1682, car l'orig. *Qui m'affronte* est impossible ; Couton tourne la difficulté en donnant *ce pendard qui m'affronte* – correction non nécessaire.

Il se retourne ayant fait trois ou quatre pas.   [41]

Doucement, s'il vous plaît ! Cet homme a bien la
[mine
D'avoir le sang bouillant et l'âme un peu mutine[207] ;
Il pourrait bien, mettant affront dessus affront,

420   Charger de bois mon dos comme il a fait mon front[208].
Je hais de tout mon cœur les esprits colériques,
Et porte grand amour aux hommes pacifiques ;
Je ne suis point battant, de peur d'être battu,
Et l'humeur débonnaire est ma grande vertu.

425   Mais mon honneur me dit que d'une telle offense
Il faut absolument que je prenne vengeance.
Ma foi, laissons-le dire autant qu'il lui plaira ;
Au diantre qui pourtant rien du tout en fera[209] !
Quand j'aurai fait le brave et qu'un fer, pour ma
[peine,

430   M'aura d'un vilain coup transpercé la bedaine,
Que par la ville ira le bruit de mon trépas,
Dites-moi, mon honneur, en serez-vous plus gras ?
La bière est un séjour par trop mélancolique,
Et trop malsain pour ceux qui craignent la colique.

435   Et quant à moi, je trouve, ayant tout compassé[210],
Qu'il vaut mieux être encor cocu que trépassé.
Quel mal cela fait-il ? la jambe en devient-elle
Plus tortue[211], après tout, et la taille moins belle ?
Peste soit qui premier[212] trouva l'invention

---

207 *Mutine* : prête à se fâcher, à s'emporter.
208 Jeu de mots sur le bois du bâton qui frotterait son dos, et les bois de cerf, apanage symbolique du front des cocus.
209 Qu'aille au diable celui qui fera quelque chose de tout cela, qui suivrait les injonctions de l'honneur et irait chercher vengeance !
210 *Compasser* : considérer, peser.
211 *Tortu* : qui n'est pas droit, qui est de travers.
212 La peste soit de celui qui le premier.

440   De s'affliger l'esprit de cette vision[213],
       Et d'attacher l'honneur de l'homme le plus sage
       Aux choses que peut faire une femme volage !
       Puisqu'on tient à bon droit tout crime personnel,
       Que fait là notre honneur pour être criminel[214] ?
445   Des actions d'autrui l'on nous donne le blâme.
       Si nos femmes sans nous ont un commerce infâme[215],
       Il faut que tout le mal tombe sur notre dos !
       Elles font la sottise, et nous sommes les sots[216] ! [C iij] [42]
       C'est un vilain abus, et les gens de police[217]
450   Nous devraient bien régler[218] une telle injustice.
       N'avons-nous pas assez des autres accidents
       Qui nous viennent happer en dépit de nos dents[219] ?
       Les querelles, procès, faim, soif et maladie,
       Troublent-ils pas assez le repos de la vie,
455   Sans s'aller de surcroît aviser sottement
       De se faire un chagrin[220] qui n'a nul fondement ?
       Moquons-nous de cela, méprisons les alarmes,
       Et mettons sous nos pieds les soupirs et les larmes.
       Si ma femme a failli, qu'elle pleure bien fort ;
460   Mais pourquoi moi pleurer, puisque je n'ai point tort ?
       En tout cas, ce qui peut m'ôter ma fâcherie[221],
       C'est que je ne suis pas seul de ma confrérie[222] :

---

213 Deux fois une diérèse à la rime.
214 Si on considère que la responsabilité de la faute incombe à celui qui l'a
     commise, pourquoi l'honneur du mari serait-il responsable de l'inconduite
     de sa femme ?
215 Des rapports adultères.
216 Toujours la double entente du mot *sot*, « niais » et « cocu ».
217 Ceux qui s'occupent de la législation, des lois.
218 Corriger, faire cesser.
219 Manière de parler proverbiale pour dire « malgré nous ».
220 Irritation, accès de colère.
221 *Fâcherie* : tristesse, chagrin causé par une contrariété.
222 Celle des maris trompés. *Confrérie* désigne volontiers les cocus.

Voir cajoler[223] sa femme et n'en témoigner rien
Se pratique aujourd'hui par force gens de bien.
465   N'allons donc point chercher à faire une querelle
Pour un affront qui n'est que pure bagatelle.
L'on m'appellera sot de ne me venger pas ;
Mais je le serais fort de courir au trépas.

Mettant la main sur son estomac[224].

Je me sens là pourtant remuer une bile[225]
470   Qui veut me conseiller quelque action[226] virile.
Oui, le courroux me prend ; c'est trop être poltron !
Je veux résolument me venger du larron[227].
Déjà pour commencer, dans l'ardeur qui m'enflamme,
Je vais dire partout qu'il couche avec ma femme[228].

Avouez-moi maintenant la vérité : est-il pas vrai, Monsieur, que vous avez trouvé ces vers tout à fait beaux, que vous ne [43] vous êtes pu empêcher de les relire encore une fois, et que vous demeurez d'accord que Paris a eu raison de nommer cette scène « la belle scène » ?

---

223 Courtiser.
224 Poitrine.
225 La *bile*, c'est l'humeur physiologique qui porte à la colère, la colère tout simplement.
226 Jolie diérèse héroïque !
227 De celui qui m'a volé mon honneur.
228 Une courageuse et fine résolution couronne joliment ce beau monologue où, suivant la longue tradition comique des fanfarons, le poltron fait alterner les intentions viriles commandées par l'honneur et les bonnes raisons de ne pas s'exposer au danger !

Scène XVIII
GORGIBUS, CÉLIE, LA SUIVANTE

Célie n'ayant point trouvé de moyen plus propre pour punir son amant que d'épouser Valère, dit à son père qu'elle est prête de suivre en tout ses volontés, de quoi le bon vieillard témoigne être beaucoup satisfait, comme vous pouvez voir par ces vers.

CÉLIE

475 Oui, je veux bien subir une si juste loi.
Mon père, disposez de mes vœux et de moi ;
Faites quand vous voudrez signer cet hyménée[229] !
À suivre mon devoir je suis déterminée ;
Je prétends gourmander[230] mes propres sentiments,
480 Et me soumettre en tout à vos commandements.

GORGIBUS

Ah ! voilà qui me plaît, de parler de la sorte.
Parbleu ! si grande[231] joie à l'heure me transporte
Que mes jambes sur l'heure en cabrioleraient, [C iij] [44]
Si nous n'étions point vus de gens qui s'en riraient.
485 Approche-toi de moi, viens çà que je t'embrasse :
Une telle action[232] n'a pas mauvaise grâce ;
Un père, quand il veut, peut sa fille baiser[233],
Sans que l'on ait sujet de s'en scandaliser.
Va, le contentement de te voir si bien née[234]
490 Me fera rajeunir de dix fois une année.

---

229 Le mariage avec Valère.
230 Dominer, maîtriser.
231 Une si grande. *À l'heure* : maintenant.
232 Diérèse.
233 *Embrasser* est serrer dans ses bras ; *baiser* est donner des baisers.
234 Fille de noble origine ; en fait, le bourgeois Gorgibus est satisfait de la soumission de sa fille, et il y voit un signe de bonne race.

Scène XIX
CÉLIE, LA SUIVANTE

Vous pourrez, dans les cinq vers qui suivent, apprendre tout le sujet de cette scène.

LA SUIVANTE
Ce changement m'étonne[235].

CÉLIE
                        Et lorsque tu sauras
Par quel motif j'agis, tu m'en estimeras.

LA SUIVANTE
Cela pourrait bien être.

CÉLIE
Apprends donc que Lélie
A pu blesser mon cœur par une perfidie ;
495   Qu'il était en ces lieux sans…

LA SUIVANTE   [45]
                        Mais il vient à nous.

Scène XX
CÉLIE, LÉLIE, LA SUIVANTE

Dans cette scène, Lélie qui avait fait dessein de s'en retourner, vient trouver Célie, pour lui dire un éternel adieu, et se plaindre de son infidélité, dans la pensée qu'il a qu'elle est mariée à Sganarelle ; lorsque Célie, qui croit avoir plus de lieu de se plaindre que lui, lui reproche de son côté sa perfidie, ce qui ne

---

235 Sens fort : me stupéfait.

donne pas un médiocre contentement à l'auditeur, qui connaît
l'innocence de l'un et de l'autre ; et comme vous la connaissez
aussi, je crois que ces vers vous pourront divertir.

LÉLIE

Avant que pour jamais je m'éloigne de vous,
Je veux vous reprocher au moins en cette place…

CÉLIE

Quoi ? me parler encore ? Avez-vous cette audace ?

LÉLIE   [C v] [46]

Il est vrai qu'elle est grande ; et votre choix est tel,
500 Qu'à vous rien reprocher[236] je serais criminel.
Vivez, vivez contente, et bravez ma mémoire,
Avec le digne époux qui vous comble de gloire !

CÉLIE

Oui, traître ! J'y veux vivre ; et mon plus grand désir,
Ce serait que ton cœur en eût du déplaisir.

LÉLIE

505 Qui rend donc contre moi ce courroux légitime ?

CÉLIE

Quoi ? tu fais le surpris, et demandes ton crime ?

---

236 À vous reprocher quelque chose (sens positif de *rien*), je commettrais
une faute.

Scène XXI
CÉLIE, LÉLIE, SGANARELLE, LA SUIVANTE

Sganarelle qui, comme vous avez vu dans la fin de la belle
scène (puisqu'elle n'a point à présent d'autre nom dans Paris),
a pris résolution de se venger de Lélie, vient pour cet effet dans
cette scène, armé de toutes pièces. Et comme il ne l'aperçoit
pas d'abord, il ne lui promet pas moins que la mort dès qu'il le
rencontrera. Mais comme il est de ceux [47] qui n'exterminent
leurs ennemis que quand ils sont absents, aussitôt qu'il aperçoit
Lélie, bien loin de lui passer l'épée au travers du corps, il ne
lui fait que des révérences ; et puis se retirant à quartier[237], il
s'excite à faire quelque effort généreux[238] et à le tuer par-derrière ; et se mettant après en colère contre lui-même de ce que
sa poltronnerie ne lui permet pas seulement de le regarder entre
deux yeux, il se punit lui-même de sa lâcheté par les coups et
les soufflets qu'il se donne, et l'on peut dire que, quoique bien
souvent l'on ait vu des scènes semblables, Sganarelle sait si bien
animer cette action, qu'elle paraît nouvelle au théâtre. Cependant
que Sganarelle se tourmente ainsi lui-même, Célie et son amant
n'ont pas moins d'inquiétude que lui, et ne se reprochent que par
des regards enflammés de courroux leur infidélité imaginaire,
la colère, quand elle est montée jusqu'à l'excès, ne nous laissant
pour l'ordinaire que le pouvoir de dire peu de paroles. Célie est
la première qui à la vue de Sganarelle dit à son amant de jeter
les yeux sur lui, qu'il verra de quoi le faire ressouvenir de son
crime[239] ; mais comment y trouverait- [C vj] [48] il de quoi le
confondre, puisque c'est par là qu'il prétend la confondre elle-
même[240]. Il se passe encore quantité de choses dans cette scène,
qui confirment les soupçons de l'un et de l'autre. Mais de peur

---

237 À distance, à l'écart.
238 Digne d'un homme de race noble, brave.
239 Faute.
240 Les amants sont noyés dans le malentendu. La personne de Sganarelle ne
     peut servir ni à Lélie ni à Célie pour qu'ils se confondent l'un l'autre en
     montrant la preuve de leur faute à chacun, car si Célie pense que Lélie

de vous ennuyer trop longtemps par ma prose, j'ai recours aux
vers que voici, pour vous les expliquer.

SGANARELLE, *entre armé.*

Guerre, guerre mortelle à ce larron d'honneur
Qui sans miséricorde a souillé notre honneur !

CÉLIE, *à Lélie*[241].

Tourne, tourne les yeux sans me faire répondre !

LÉLIE

Ah ! je vois…

CÉLIE

510   Cet objet suffit pour te confondre.

LÉLIE

Mais pour vous obliger bien plutôt à rougir.

SGANARELLE[242]

Ma colère à présent est en état d'agir,
Dessus ses grands chevaux[243] est monté mon courage ;
Et si je le rencontre, on verra du carnage.
515   Oui, j'ai juré sa mort ; rien ne peut l'empêcher.

---

est l'amant de la femme de Sganarelle, Lélie pense que Sganarelle est
le mari de Célie.
241 La didascalie de 1734 ajoute : « *lui montrant Sganarelle* ».
242 La didascalie de 1734 précise : « *à part* ».
243 Les chevaliers allaient en guerre sur de petits chevaux et montaient, pour
combattre, sur de grands chevaux ; d'où l'expression *monter sur ses grands
chevaux*. Le courage de Sganarelle est monté sur ses grands chevaux, car
le poltron arrive armé de toutes pièces sur la scène pour livrer bataille
à Lélie.

Où je le trouverai, je le veux dépêcher[244].
Au beau milieu du cœur il faut que je lui donne…

LÉLIE[245]

À qui donc en veut-on ?

SGANARELLE

Je n'en veux à personne.

LÉLIE   [49]

Pourquoi ces armes-là ?

SGANARELLE

C'est un habillement
520   Que j'ai pris pour la pluie. *À part.* Ah ! quel
[contentement
J'aurais à le tuer ! Prenons-en le courage.

LÉLIE[246]

Hay ?

SGANARELLE, *se donnant des coups de poing
sur l'estomac*[247], *et des soufflets pour s'exciter.*

Je ne parle pas. *À part.* Ah ! poltron dont
[j'enrage[248] !
Lâche ! vrai cœur de poule !

---

244 *Dépêcher* : se débarrasser de, tuer. 1734 donne ici cette didascalie : « *Tirant
   son épée à demi, il approche de Lélie* ».
245 1734 : *se retournant.*
246 1734 : *se retournant encore.*
247 Voir *supra*, la note 224, qui précède le vers 469.
248 Que je suis poltron, et combien je m'en veux de l'être !

CÉLIE[249]

Il t'en doit dire assez,
Cet objet dont tes yeux nous paraissent blessés.

LÉLIE

525   Oui, je connais par là que vous êtes coupable
De l'infidélité la plus inexcusable
Qui jamais d'un amant puisse outrager la foi[250].

SGANARELLE[251]

Que n'ai-je un peu de cœur[252] !

CÉLIE

Ah ! cesse devant moi,
Traître, de ce discours l'insolence cruelle[253] !

SGANARELLE[254]

530   Sganarelle, tu vois qu'elle prend ta querelle[255].
Courage, mon enfant, sois un peu vigoureux !
Là, hardi ! tâche à faire un effort généreux[256],
En le tuant tandis qu'il tourne le derrière[257].

---

249 1734 : *à Lélie.*

250 Qui jamais puisse outrager l'amour fidèle d'un amant. – L'objet en cause
(v. 524) est la personne de Sganarelle : Célie croit que Lélie l'a fait cocu
et Lélie croit que Célie l'a épousé.

251 1734 : *à part.*

252 De courage.

253 Autre inversion, de style plus élevé.

254 1734 : *à part.*

255 *Querelle* : cause, intérêts de quelqu'un.

256 Un haut fait digne d'un homme noble.

257 Quel sursaut de bravoure que de tuer son adversaire par-derrière (« tandis
qu'il tourne le derrière », dit Sganarelle, qui mêle le style du héros de
tragédie au langage le plus populaire) !

LÉLIE, *faisant deux ou trois pas*
sans dessein, fait retourner Sganarelle
qui [50] *s'approchait pour le tuer.*
Puisqu'un pareil discours émeut[258] votre colère,
535 Je dois de votre cœur me montrer satisfait,
Et l'applaudir ici du beau choix qu'il a fait.

CÉLIE

Oui, oui, mon choix est tel qu'on n'y peut rien
[reprendre.

LÉLIE

Allez, vous faites bien de le vouloir défendre.

SGANARELLE

Sans doute[259] elle fait bien de défendre mes droits.
540 Cette action[260], Monsieur, n'est point selon les lois,
J'ai raison de m'en plaindre ; et si je n'étais sage,
On verrait arriver un étrange carnage[261].

LÉLIE

D'où vous naît cette plainte, et quel chagrin[262]
[brutal… ?

SGANARELLE

Suffit ! Vous savez bien où le bois me fait mal[263].

---

258 *Émouvoir* : mettre en mouvement, ébranler.
259 Assurément.
260 3 syllabes.
261 Un carnage extraordinaire.
262 Voir *supra*, la note du v. 456. *Brutal* : grossier, digne d'une bête brute.
263 Toujours à la tête ! Certaines éditions donnent : *où le bât me fait mal* ; il y a en effet interférence entre *où le bois me fait mal, où le bât me blesse* et *où le bois me blesse.*

545   Mais votre conscience et le soin de votre âme
Vous devraient mettre aux yeux que ma femme
                        [est ma femme,
Et vouloir à ma barbe en faire votre bien
Que[264] ce n'est pas du tout agir en bon chrétien.

LÉLIE

Un semblable soupçon est bas et ridicule.
550   Allez, dessus ce point n'ayez aucun scrupule :
Je sais qu'elle est à vous ; et, bien loin de brûler...

CÉLIE

Ah ! qu'ici tu sais bien, traître, dissimuler !

LÉLIE   [51]

Quoi ? me soupçonnez-vous d'avoir une pensée
De qui son âme ait lieu de se croire offensée ?
555   De cette lâcheté[265] voulez-vous me noircir ?

CÉLIE

Parle, parle à lui-même ! il pourra t'éclaircir.

SGANARELLE[266]

Vous me défendez mieux que je ne saurais faire,
Et du biais qu'il faut vous prenez cette affaire.

---

264 La langue moderne placerait ce *que* au début du vers précédent (et *que vouloir...*).
265 Action basse, indigne.
266 1734 : *à Célie.*

Scène XXII
CÉLIE, LÉLIE, SGANARELLE,
SA FEMME, LA SUIVANTE

Dans la quatrième scène de cette pièce, la femme de Sganarelle, qui avait pris de la jalousie en voyant Célie entre les bras de son mari, vient pour lui faire des reproches (ce qui fait voir la merveilleuse conduite de cet ouvrage). Jugez de la beauté qu'un agréable malentendu produit dans cette scène. Sganarelle croit que sa femme vient pour défendre son galant, sa femme croit qu'il aime Célie, Célie croit qu'elle vient ingénument se plaindre d'elle à cause qu'elle [52] est avec Lélie, et lui en fait des reproches ; et Lélie enfin ne sait ce qu'on lui vient conter, et croit toujours que Célie a épousé Sganarelle. Quoique cette scène donne un plaisir incroyable à l'auditeur, elle ne peut pas durer plus longtemps sans trop de confusion, et je gage que vous souhaitez déjà de voir comment toutes ces personnes sortiront de l'embarras où ils se rencontrent ; mais je vous le donnerais bien à deviner en quatre coups[267], sans que vous en puissiez venir à bout. Peut-être vous persuadez-vous qu'il va venir quelqu'un qui sans y penser lui-même les tirera de leur erreur ; peut-être croyez-vous aussi qu'à force de s'animer les uns contre les autres, quelqu'un venant à se justifier leur fera voir à tous qu'ils s'abusent. Mais ce n'est point tout cela, et l'auteur s'est servi d'un moyen dont personne ne s'est jamais avisé, et que vous pourrez savoir si vous lisez les vers de cette scène.

LA FEMME DE SGANARELLE, *à Célie.*

Je ne suis point d'humeur à vouloir contre vous
560   Faire éclater, Madame, un esprit trop jaloux ;
Mais je ne suis point dupe, et vois ce qui se passe.
Il est de certains feux de fort mauvaise grâce[268] ;

---

267 En vous donnant quatre essais pour trouver la réponse.
268 Certaines amours sont condamnables.

Et votre âme devrait prendre un meilleur emploi   [53]
Que de séduire un cœur qui doit n'être qu'à moi.

CÉLIE

565   La déclaration est assez ingénue[269].

SGANARELLE, *à sa femme.*
L'on ne demandait pas, carogne[270], ta venue.
Tu la viens quereller lorsqu'elle me défend,
Et tu trembles de peur qu'on t'ôte ton galant.

CÉLIE

Allez, ne croyez pas que l'on en ait envie.
               Se tournant vers Lélie.
570   Tu vois si c'est mensonge ; et j'en suis fort ravie.

LÉLIE

Que me veut-on conter ?

LA SUIVANTE
                              Ma foi, je ne sais pas
Quand on verra finir ce galimatias[271].
Déjà depuis longtemps je tâche à le comprendre ;
Et si[272], plus je l'écoute, et moins je puis l'entendre.
575   Je vois bien à la fin que je m'en dois mêler.
           Allant se mettre entre Lélie et sa maîtresse.
Répondez-moi par ordre, et me laissez parler !
                   À Lélie.
Vous, qu'est-ce qu'à son cœur peut reprocher le vôtre ?

_____

269 Directe, franche, et bien sotte car l'accusation porte à faux.
270 Voir *supra*, la note du v. 190.
271 Ces propos obscurs, inintelligibles (et la diérèse sur *galimatias* épaissit
    le mot !) ; de fait, dans cette scène, Molière a fait la somme de tous les
    malentendus entre les personnages.
272 Et pourtant.

LÉLIE

Que l'infidèle a pu me quitter pour [un[273]] autre ;
Que, lorsque sur le bruit[274] de son hymen fatal
580 J'accours tout transporté d'un amour sans égal,
Dont l'ardeur résistait à se croire oubliée[275],
Mon abord[276] en ces lieux la trouve mariée.

LA SUIVANTE

Mariée ! à qui donc ?

LÉLIE, *montrant Sganarelle.*
                À lui.

LA SUIVANTE   [54]
                Comment, à lui ?

LÉLIE

Oui-da.

LA SUIVANTE
        Qui vous l'a dit ?

LÉLIE
                C'est lui-même aujourd'hui.

LA SUIVANTE, *à Sganarelle.*
Est-il vrai ?

---

273 Mot omis dans l'original. Je rétablis d'après 1682.
274 Voir *supra*, la note du v. 228.
275 L'ardeur de mon amour (= mon ardent amour) était si grande qu'elle ne
      pouvait pas croire que Célie pouvait l'oublier et la trahir en se mariant
      ailleurs.
276 Mon arrivée.

SGANARELLE

585   Moi ? j'ai dit que c'était à ma femme
Que j'étais marié.

LÉLIE

Dans un grand trouble d'âme
Tantôt de mon portrait je vous ai vu saisi[277].

SGANARELLE

Il est vrai : le voilà.

LÉLIE

Vous m'avez dit aussi
Que celle aux mains de qui vous aviez pris ce gage
590   Était liée à vous des nœuds du mariage.

SGANARELLE, *montrant sa femme.*

Sans doute[278]. Et je l'avais de ses mains arraché,
Et n'eusse pas sans lui découvert son péché.

LA FEMME DE SGANARELLE

Que me viens-tu conter par ta plainte importune ?
Je l'avais sous mes pieds rencontré par fortune[279].
595   Et même, quand, après ton injuste courroux,
Montrant Lélie.
J'ai fait, dans sa faiblesse, entrer Monsieur chez nous,
Je n'ai pas reconnu les traits de sa peinture.

---

277 « Je vous ai vu tenant, tout troublé, mon portrait », plutôt que : « C'est
      avec un grand trouble de mon âme que je vous ai vu en possession de
      mon portrait » ; mais les deux interprétations sont possibles.
278 Sans aucun doute, assurément.
279 Par hasard.

CÉLIE

C'est moi qui du portrait ai causé l'aventure ;
Et je l'ai laissé choir en cette pâmoison   [55]
À *Sganarelle.*

600   Qui m'a fait par vos soins remettre à la maison[280].

LA SUIVANTE

Vous voyez que sans moi vous y seriez encore,
Et vous aviez besoin de mon peu d'ellébore[281].

SGANARELLE[282]

Prendrons-nous tout ceci pour de l'argent comptant ?
Mon front l'a, sur mon âme, eu bien chaude
                                 [pourtant[283] !

SA FEMME

605   Ma crainte toutefois n'est pas trop dissipée ;
Et doux que soit le mal, je crains d'être trompée[284].

SGANARELLE[285]

Hé ! mutuellement croyons-nous gens de bien !
Je risque plus du mien que tu ne fais du tien[286] ;
Accepte sans façon le marché qu'on propose !

---

280 À la sc. 4, avec l'aide d'un homme, Sganarelle a emporté Célie évanouie
     chez elle.
281 Sans *l'ellébore* (remède à la folie) de la suivante, les personnages seraient
     encore dans la confusion et le malentendu.
282 1734 : *à part.*
283 *L'avoir bien chaude* : avoir une grande alarme ; toujours la crainte des
     cornes !
284 Comprendre : et quelque doux que soit le mal d'être trompée en pareil
     cas, je crains néanmoins de l'être. Elle voudrait bien croire que son mari
     a été fidèle, mais n'en est pas absolument sûre.
285 1734 : *à sa femme.*
286 Le déshonneur d'être cocu est plus grand pour moi que pour toi.

SA FEMME

610   Soit. Mais gare le bois[287] si j'apprends quelque chose !

CÉLIE, *à Lélie, après avoir parlé bas ensemble.*
Ah ! dieux ! s'il est ainsi, qu'est-ce donc que j'ai fait ?
Je dois de mon courroux appréhender l'effet.
Oui, vous croyant sans foi, j'ai pris, pour ma vengeance,
Le malheureux secours de mon obéissance[288] ;
615   Et depuis un moment mon cœur vient d'accepter
Un hymen que toujours j'eus lieu de rebuter.
J'ai promis à mon père ; et ce qui me désole…
Mais je le vois venir.

LÉLIE
Il me tiendra parole.

Scène XXIII   [56]
CÉLIE, LÉLIE, GORGIBUS, SGANARELLE,
SA FEMME, LA SUIVANTE

Lélie, dans cette scène, demande l'effet[289] de sa parole à
Gorgibus. Gorgibus lui refuse sa fille, et Célie ne se résout qu'à
peine[290] d'obéir à son père, comme vous pouvez voir en lisant.

LÉLIE
Monsieur, vous me voyez en ces lieux de retour
620   Brûlant des mêmes feux, et mon ardente amour[291]

---

287 Toujours le panache de cerf, dont sa femme menace Sganarelle s'il ne
     lui est pas fidèle.
288 Pour me venger de vous que je croyais infidèle, j'ai obéi à mon père et
     accepté d'épouser Valère.
289 La réalisation.
290 Avec peine.
291 Le mot est souvent féminin au XVIIᵉ siècle, même au singulier.

Verra, comme je crois, la promesse accomplie
Qui[292] me donna l'espoir de l'hymen de Célie.

GORGIBUS

Monsieur, que je revois en ces lieux de retour
Brûlant des mêmes feux, et dont l'ardente amour
625   Verra, que vous croyez, la promesse accomplie
Qui vous donna l'espoir de l'hymen de Célie,
Très humble serviteur à Votre Seigneurie[293].

LÉLIE

Quoi ? Monsieur, est-ce ainsi qu'on trahit mon espoir ?

GORGIBUS   [57]

Oui, Monsieur, c'est ainsi que je fais mon devoir.
630   Ma fille en suit les lois.

CÉLIE[294]

                    Mon devoir m'intéresse,
Mon père, à dégager vers lui votre promesse[295].

GORGIBUS

Est-ce répondre en fille à mes commandements ?
Tu te démens bien tôt de tes bons sentiments.
Pour Valère tantôt… Mais j'aperçois son père.
635   Il vient assurément pour conclure l'affaire.

---

292 Construire : verra accomplie la promesse qui…
293 Formule ironiquement déférente pour exprimer une fin de non-recevoir.
     On remarquera les trois rimes féminines successives : *accomplie* et *Célie*,
     reprises du discours de Lélie, à quoi Gorgibus ajoute de son cru, en écho,
     Seigneurie.
294 Il faut corriger l'original *Lélie*.
295 *Dégager sa promesse*, c'est la tenir ; comprendre : mon devoir m'engage
     vivement (*m'intéresse*) à devenir la femme de Lélie, afin que vous puissiez
     tenir votre promesse à son égard.

Scène DERNIÈRE
CÉLIE, LÉLIE, GORGIBUS, SGANARELLE,
SA FEMME, VILLEBREQUIN, LA SUIVANTE

La joie que Célie avait eue en apprenant que son amant ne lui
était pas infidèle eût été de courte durée, si le père de Valère ne
fût pas venu à temps pour les retirer tous deux de peine. Vous
pourrez voir dans le reste des vers de cette pièce, que voici, le
sujet qui le fait venir.

GORGIBUS [58]

Qui[296] vous amène ici, seigneur Villebrequin ?

VILLEBREQUIN

Un secret important que j'ai su ce matin,
Qui rompt absolument ma parole donnée.
Mon fils, dont votre fille acceptait l'hyménée,
640   Sous des liens cachés trompant les yeux de tous,
Vit, depuis quatre mois, avec Lise en époux ;
Et comme des parents le bien et la naissance
M'ôtent tout le pouvoir d'en casser l'alliance,
Je vous viens…

GORGIBUS

             Brisons là ! Si, sans votre congé[297],
645   Valère votre fils ailleurs s'est engagé,
Je ne vous puis celer que ma fille Célie
Dès longtemps[298] par moi-même est promise à Lélie ;
Et que, riche en vertus[299], son retour aujourd'hui
M'empêche d'agréer un autre époux que lui.

---

296 Qu'est-ce qui. *Cf. supra*, la note au v. 348.
297 Permission.
298 Depuis longtemps.
299 Comme Lélie est riche en vertus.

VILLEBREQUIN

650   Un tel choix me plaît fort.

LÉLIE

                    Et cette juste envie
D'un bonheur éternel va couronner ma vie[300].

GORGIBUS

Allons choisir le jour pour se donner la foi[301] !

SGANARELLE[302]

A-t-on mieux cru jamais être cocu que moi ?
Vous voyez qu'en ce fait la plus forte apparence
655   Peut jeter dans l'esprit une fausse créance[303].
De cet exemple-ci ressouvenez-vous bien ;
Et quand vous verriez tout, ne croyez jamais rien !

[59] Sans mentir, Monsieur, vous me devez être bien obligé
de tant de belles choses que je vous envoie, et tous les melons
de votre jardin ne sont pas suffisants pour me payer de la peine
d'avoir retenu pour l'amour de vous toute cette pièce par cœur ;
mais j'oubliais de vous dire une chose à l'avantage de son auteur,
qui est que comme je n'ai eu cette pièce que je vous envoie que
par effort de mémoire, il peut s'y être coulé quantité de mots
les uns pour les autres, bien qu'ils signifient la même chose ; et
comme ceux de l'auteur peuvent être plus significatifs, je vous
prie de m'imputer toutes les fautes de cette nature que vous y

---

300 Eugène Despois comprend que Lélie s'adresse à Gorgibus : cette juste
    envie que vous avez de tenir votre parole va, *etc.* ; G. Couton pense au
    contraire que Lélie s'adresse à Célie : cette passion légitime (celle de
    Célie pour Lélie, probablement) va me donner un bonheur éternel. On
    peut hésiter, encore que le contexte donne plutôt raison à Despois.
301 Le jour des épousailles, les deux époux se promettent fidélité.
302 1734 : *seul.* Resté seul sur la scène, Sganarelle s'adresse au public.
303 Une fausse conviction, une fausse croyance.

trouverez ; et je vous conjure avec tous les curieux de France de venir voir représenter cette pièce comme un des plus beaux ouvrages, et un des mieux joués qui ait jamais paru sur la scène.

Fin

EXTRAIT DU PRIVILÈGE DU ROY   [n. p.]

Par grâce et Privilège du Roi, donné à Paris le 26 juillet [1660], signé, par le roi en son conseil, LABORY, il est permis au Sieur DE MOLIèRE, de faire imprimer, par tel imprimeur et libraire qu'il voudra, une comédie intitulée *Sganarelle, ou Le Cocu imaginaire*, avec les arguments sur chaque scène, pendant l'espace de cinq ans, et défenses sont faites à tous autres de l'imprimer ni vendre d'autre édition que celle de l'exposant, à peine de quinze cents livres d'amende, de tous dépens, dommages, intérêts, comme il est porté plus amplement par lesdites Lettres.

Et ledit Sieur MOLIERE a cédé ses droits de Privilège à GUILLAUME de LUYNE, marchand-libraire juré à Paris, pour en jouir suivant l'accord fait entre eux. Et ledit DE LUYNE en a fait part à ESTIENNE LOYSON, aussi MARCHAND-LIBRAIRE, pour en jouir conjointement.

Enregistré sur le Livre de la communauté, suivant l'Arrêt de la Cour.

JOSSE, Syndic

Achevé d'imprimer le 12 août 1660[304].

---

304 En réalité, cette date est erronée, car c'est celle de l'achevé d'imprimé de l'édition pirate de Ribou ; et l'on ne sait pas à quelle date précise de 1662 de Luyne a achevé son impression.

DOM GARCIE DE NAVARRE,
OU
LE PRINCE JALOUX

INTRODUCTION

Les succès de la troupe n'éloignèrent pas les catastrophes imprévues : en octobre 1660 commença la démolition du théâtre du Petit-Bourbon ; voilà la troupe à la rue, « en butte à toutes ces bourrasques », comme l'écrit La Grange dans son Registre. Les ennemis de Molière jubilaient et surtout ses concurrents des autres théâtres, qui s'efforcèrent de débaucher ses comédiens. En vain, précise encore La Grange dans un beau texte :

> [...] mais toute la troupe de Monsieur demeura stable. Tous les acteurs aimaient le sieur Molière, leur chef, qui joignait à un mérite et une capacité extraordinaires une honnêteté et une manière engageante qui les obligea tous à lui protester qu'ils voulaient courre sa fortune[1] et qu'ils ne le quitteraient jamais, quelque proposition qu'on leur fît et quelque avantage qu'ils pussent trouver ailleurs.

Le roi, de plus en plus amateur du travail de Molière, sauva la troupe et lui accorda à titre gratuit un théâtre qui se trouvait au Palais-Royal. Le bruit se répandit à Paris que la troupe, qui avait le bonheur de plaire au roi, subsistait et qu'elle était désormais établie au théâtre du Palais-Royal, avec la protection du monarque. Et on y débuta le 20 janvier 1661, avec *Le Dépit amoureux* et *Sganarelle, ou Le Cocu imaginaire*.

---

1 *Courir sa fortune*, partager risques et dangers avec lui.

UN ÉCHEC

C'est dans ce nouveau théâtre, qui sera le sien jusqu'à sa mort, que Molière créa, le 4 février 1661, son *Dom Garcie de Navarre, ou Le Prince jaloux*; cette pièce de grand format était suivie d'une farce, *Gorgibus dans le sac*, dont le texte n'a évidemment pas été conservé. Ce fut un échec, et cinglant. Très vite la pièce tomba et, après quelques représentations en 1662 et 1663, disparut complètement de la scène. Molière pensa néanmoins à la faire imprimer; en fait, elle ne le fut point de son vivant et elle attendit l'édition de 1682 des *Œuvres* de Molière pour voir le jour. Pourquoi cet échec de la pièce que Molière avait laissé attendre et dont il avait donné à l'avance la contrepartie parodique et burlesque?

Les éditeurs de 1682, suivant certainement l'intention de Molière, désignèrent la pièce comme « comédie ». Mais il ne s'agit ni d'une comédie à l'italienne comme *L'Étourdi* et *Le Dépit amoureux*, ni d'une farce ou d'une petite comédie comme *Les Précieuses* ou *Sganarelle*. En fait, dès le titre, le lecteur ne peut s'empêcher de penser au *Don Sanche d'Aragon* de Pierre Corneille[2], qui date de 1649; pour bien distinguer sa pièce nouvelle et de la tragédie et de la comédie, Corneille avait défendu un genre nouveau, celui de la comédie héroïque : *comédie*, car tous les périls disparaissent en un dénouement heureux et harmonieux; *héroïque*, car au milieu de grands intérêts d'État évoluent des personnages de rois, de princes, des grands au comportement noble. En somme, la comédie héroïque fait passablement penser au genre de la tragi-comédie. *Dom Garcie de Navarre* est un peu

---

2   Voir Evelyne Méron, « Molière et Corneille : *Dom Garcie de Navarre* », *P.F.S.C.L.*, XXVIII, 55 (2001), p. 389-401.

la comédie héroïque de Molière, non sans écarts sensibles par rapport à cette formule cornélienne. Indéniablement, après ses triomphes dans le genre de la comédie pure, après la parodie même du genre noble, Molière voulait prouver qu'il était capable de se hausser à une pièce noble, de réussir dans un genre plus sérieux, sans être cantonné dans le comique et dans la farce.

De fait, avec cette princesse de Léon et ce prince de Léon victimes d'un usurpateur, avec ce prince de Navarre qui combat le tyran, avec cette manière distinguée et sophistiquée de traiter l'amour entre grands personnages, nulle place au comique n'est faite ; seul le dénouement peut paraître heureux, quoiqu'il réunisse dans le mariage deux amants qui semblent ne jamais parvenir s'accorder. Ni la situation, ni les personnages ne suscitent le rire. Pas même le héros éponyme, Dom Garcie, ce prince jaloux. Son état, son statut social interdisent le comique ; et sa jalousie, ponctuée de rechutes mécaniques, ne le permet pas davantage, car les accès répétés d'une jalousie irrépressible sont plutôt appréciés comme l'effet d'une fatalité intérieure, donc plus pitoyables, que comme un vice ridicule.

Malgré la facilité et la tenue de l'alexandrin de *Dom Garcie*, on a relevé à l'envi les faiblesses et les défauts de cet essai dans le genre noble[3]. Et il est entendu que Molière s'est fourvoyé. Il n'était pas fait pour le genre noble, et il aura du mal à l'admettre.

La preuve qu'il ne voulut pas renoncer définitivement à ce texte et que son génie était bien dans le comique et non dans le genre sérieux éclate dans *Le Misanthrope*, qui

---

3   Jacques Chupeau (« *Dom Garcie de Navarre* ou les leçons d'un échec », [in] *Hommage à René Fromilhague, Cahiers de littérature du* XVIIe *siècle*, n° 6, 1984, p. 67-76) pointe la maladresse de conception, le manque d'originalité et l'indécision sur le sens de l'œuvre…

surtout récupéra des vestiges de *Dom Garcie*[4] : une quinzaine d'endroits et près de 90 vers, tels quels ou remaniés, de *Dom Garcie* passèrent dans *Le Misanthrope*[5]. Alors, Molière fut capable de faire de la jalousie un vice comique. En empêtrant Alceste dans la contradiction de sa passion pour une vraie coquette qui ne peut pas vraiment l'aimer, car il a fait de lui un misanthrope, il développe chez l'atrabilaire amoureux une jalousie qui donne à rire, déjà à la société qui l'entoure. *Le Misanthrope* reste une comédie sérieuse, qui fait rire non aux éclats mais dans l'âme, comme l'écrit Donneau de Visé – mais une véritable comédie, un des chefs-d'œuvre de la comédie moliéresque, qui connut d'ailleurs un bon succès. Juste compensation à l'échec de *Dom Garcie de Navarre*.

QUEL SUJET ?

Le sujet est emprunté à l'Italien Andrea Giacinto Cicognini (auteur par ailleurs d'un *Convitato di pietra* que nous retrouverons au moment du *Dom Juan*) et à ses *Gelosie fortunate del principe Rodrigo* (*Les Heureuses Jalousies du Prince Rodrigue*), de 1654. La matière de cette pièce italienne est donc espagnole, non sans ancrage historique. La pièce de Molière se déroule également en Espagne, dans le royaume de Léon, avec des grands – Done Elvire est princesse de Léon, son amant Dom Garcie prince de Navarre –, dans un cadre tout politique : un tyran a renversé la royauté de

---

4   Voir Marcel Gutwirth, « *Dom Garcie de Navarre* et *Le Misanthrope* : de la comédie héroïque au comique du héros », *P.M.L.A.*, 1968, p. 118-129.
5   Voir Gabriel Conesa, « Étude stylistique et dramaturgique des emprunts du *Misanthrope* à *Dom Garcie de Navarre* », *R.H.T.*, 1978-1, p. 19-30.

Léon et le roi est mort, laissant une fille, Elvire, protégée par le prince de Navarre, et un fils, Dom Alphonse, qui passe longtemps pour prince de Castille sous le nom de Dom Sylve, avant de révéler, *in fine*, sa véritable identité et, le tyran assassiné, de récupérer son royaume de Léon. Mêlés au fil politique s'entrelacent des fils amoureux : Elvire aime Dom Garcie, mais est courtisée par Dom Sylve (en réalité, nous venons de le voir, Dom Alphonse, son frère), lequel avait donné sa foi à la comtesse Ignès ; celle-ci, pour échapper à l'usurpateur et tyran Mauregat − personnage important de l'intrigue, mais absent − s'est sauvée sous un déguisement de cavalier.

Il s'agit bel et bien d'un sujet de tragi-comédie romanesque, avec son mélange d'héroïsme et de galanterie, ou, plus exactement, d'un sujet de comédie héroïque à la Corneille.

Mais l'intérêt de la pièce n'est évidemment pas dans son romanesque. L'usurpation politique, les déguisements de vêtement ou d'identité (avec le risque de l'inceste), les fuites, la reconquête, la rivalité d'amour − mais apparente seulement autour d'Elvire, car Sylve-Alphonse ne peut être le rival de Dom Garcie −, les trahisons − Dom Lope, amant rebuté de la confidente Élise, et aigri, s'est fait le confident de Dom Garcie dont il attise la jalousie et provoquerait le malheur − ne donnent qu'un cadre à l'intrigue, sans constituer le vrai sujet de la pièce.

L'intérêt de celle-ci réside dans la peinture des amours difficiles entre Elvire et Dom Garcie, dont les difficultés ne tiennent pas aux aléas de l'histoire ou vraiment à des obstacles extérieurs, mais surtout aux dispositions intérieures des protagonistes. C'est le vrai sujet de *Dom Garcie de Navarre*. Et la source de la disharmonie est la jalousie, et qui plus est la jalousie conçue sur des apparences mal interprétées

– thématique à laquelle Molière revient, après *Sganarelle*, de manière sérieuse et grave. On sait de reste que le débat sur la jalousie intéresse les salons et la littérature mondaine ; l'héroïne féminine, Elvire, a dû prêter une oreille attentive aux leçons de la préciosité et des mondains, face à un Dom Garcie enfermé dans son défaut blessant de la jalousie.

Avant d'être objet d'analyse, le sentiment de la jalousie régit la structure de la pièce, faite de la répétition : cinq fois, une fois par acte, Dom Garcie, pourtant sommé de contenir ses accès de jalousie, prend feu sur une réalité mal comprise, se fait inquisiteur, accusateur, avant d'être confondu et humilié, puisqu'il s'est trompé sur les apparences. Au risque de lasser Elvire et d'en être chassé, au risque de détruire son amour et son bonheur. On se doute qu'il ne s'agit pas d'une plate répétition, mais que la reprise est à la fois variation et approfondissement du thème. Ce qu'il faut examiner un peu en détail.

UN COUPLE EN DANGER

Elvire et Dom Garcie s'aiment mais ont besoin de cinq actes pour parvenir à une certaine harmonie et au bonheur du mariage, pour des raisons qui tiennent à la jalousie maladive de Dom Garcie et aux réticences qu'elle renforce chez Elvire. Première analyse moliéresque de l'échec d'un couple que la passion unit, mais dont chaque membre nourrit en soi de quoi mettre en péril cette union ; sur un autre registre, *Le Misanthrope* y reviendra.

L'exigence de Dom Garcie, travaillé par les doutes continuels de n'être pas aimé, d'avoir un rival ? Être rassuré par un aveu entier, clair, obtenir une assurance définitive ; il l'obtient à peu près dès I, 3 (« Je ne demande point de plus grande clarté », vers 305) et promet aussitôt de renoncer à ses soupçons jaloux. Mais quelques vers plus loin, quand on apporte une lettre à Elvire, Dom Garcie retombe dans son mal et le visage égaré, le ton altéré (Elvire note cela), il obtient de lire ce billet – un mot d'Ignès à Elvire, et non d'un galant. Dom Garcie est d'autant plus confondu que c'est par lui qu'Elvire fait lire le billet. Mais ce trouble est calmé … pour un temps seulement. Dès lors l'action dramatique a trouvé son ressort : s'étant fabriqué une chimère, touché par les apparences trompeuses, Dom Garcie va retomber dans ses accès, perdre le jugement, accuser et insulter Elvire qu'il accable de ses soupçons infondés. À l'acte II, il la soupçonne pour un billet à demi déchiré et qu'il interprète exactement à contresens. Prêt de venir accabler la jeune femme de ses reproches, il ne maîtrise pas son trouble, où l'âme agit sur le corps :

> [...]
> D'un trouble tout nouveau je me sens l'âme émue ;
> Et la crainte, mêlée à mon ressentiment,
> Jette par tout mon corps un soudain tremblement[6].

Lui-même reconnaît qu'il ne parvient pas à donner à sa « raison » le dessus sur ses « transports » (vers 514). Sur une faible amorce, puisqu'il n'a en main qu'une moitié de billet, et une amorce particulièrement fallacieuse puisqu'on apprendra que ce billet dont il ne tient que la moitié n'est autre que l'aveu écrit (mais non envoyé) par Elvire de son amour pour Dom Garcie ! Deuxième accusation, deuxième manifestation de la maladie, deuxième confusion – avant

---

6   II, 4, vers 477-479.

d'autres rechutes. Et deuxième outrage à celle qu'il aime. Observons au passage deux aspects différents dans le mécanisme des deux premiers actes : d'une part, Molière montre bien le rôle vénéneux du flatteur et traître Dom Lope, qui définit cyniquement sa tâche de courtisan maléfique auprès du jaloux (voir II, 1) ; d'autre part, les apparences sont alors données par des lettres qu'on ne peut interpréter avec justesse, soit qu'on ignore l'expéditeur, soit que le texte en demeure incomplet. Témoignage de l'habileté de Molière dans l'utilisation des lettres, assez récurrent dans son théâtre[7].

D'autres rechutes vont advenir – et aussitôt : voyez comment, dès la dernière scène de l'acte II, le jaloux retrouve ses doutes, alors même qu'Elvire vient de lui pardonner les précédents –, car Dom Garcie désire obtenir des certitudes que précisément Elvire ne veut pas lui donner. Il la soupçonne donc de préférer Dom Sylve (acte III)[8] ; il la soupçonne de le trahir avec un cavalier qui n'est autre qu'Ignès déguisée (acte IV) ; il la soupçonne une dernière fois, à la dernière scène, quand il la trouve dans les bras de Dom Sylve, qui s'est déclaré n'être autre que le frère Alphonse de la princesse de Léon. Toujours en se fondant sur le rapport si fragile de ses yeux, toujours en maniant les griefs et l'insulte, toujours avec le souhait perpétuellement insatisfait que le cœur d'Elvire « s'explique » (vers 1513) – le mot et la chose reviendront dans *Le Misanthrope*, où Alceste recherche obstinément une explication en toute clarté. Et à chaque fois Dom Garcie est détrompé, plus ou moins

---

7   Voir Charles Mazouer, « Variations épistolaires dans le théâtre de Molière », [in] *Séries et variations. Études littéraires offertes à Sylvain Menant*, Presses de l'Université de Paris Sorbonne, 2010, p. 389-398.

8   Ce qui nous vaut de jolis duels verbaux quand les deux rivaux sont en présence d'Elvire (III, 3) ou seuls, face à face (III, 4).

clairement, mais menacé par la colère croissante d'Elvire, qui finit par le chasser. Jusqu'au bout il en croit cependant le rapport de ses yeux, s'imagine trahi et dit sa souffrance en termes tragiques. Exemple :

> Que vois-je, ô justes Cieux !
> Faut-il que je m'assure au rapport de mes yeux ?
> Ah ! sans doute ils me sont des témoins trop fidèles,
> Voilà le comble affreux de mes peines mortelles,
> Voici le coup fatal qui devait m'accabler[9].

Le Ciel l'accable, le détruit : « Je suis, je suis trahi, je suis assassiné[10] », avec cette sorte de bégaiement du désespoir. Et jusqu'au bout, le désespoir se transforme en fureur dans ses reproches à Elvire, car il est persuadé d'être la victime d'un amour *fatal* (notation qu'on retrouvera encore en écho dans *Le Misanthrope*) et d'une femme qui le trahit.

Les effets de cette passion de la jalousie – de cette jalousie qui le fait souffrir et fait souffrir sa partenaire – sont violents sur lui et sur Elvire, qui n'excuse pas cette passion, semble-t-il.

> Non, non, de cette sombre et lâche jalousie
> Rien ne peut excuser l'étrange frénésie,

déclare Elvire au début de la pièce[11]. Défaut, vice que cette jalousie ? Maladie plutôt, effet prodigieux du « tempérament » de Dom Garcie[12] ; ce dernier est la victime des « noirs accès qui troublent sa raison[13] ». Elvire finit par le dire et

---

9   IV, 7, vers 1222-1227.
10   *Ibid.*, v. 1239.
11   I, 1, vers 63-64.
12   Voir I, 3, v. 329.
13   III, 1, v. 798.

cela les amène à la réconciliation : « Et votre maladie est digne de pitié[14] ». Personne ne peut plus en rire.

Au vœu de clarté absolue, d'appropriation presque de l'autre, sans cesse soupçonnée, que nourrit Dom Garcie, répond le recul d'Elvire, de cette autre dont la liberté n'est pas respectée. Les vrais amants doivent comprendre à demi-mot ; exiger la transparence totale, l'aveu éclatant et, pis encore, multiplier les soupçons jaloux, c'est offenser, blesser l'aimée en même temps que porter atteinte à sa liberté.

Après avoir hésité entre deux amants également estimables (mais l'un d'eux, Dom Sylve, s'avérera être son propre frère), Elvire a donné sa tendresse à Dom Garcie, qui aurait dû comprendre, sans avoir besoin d'une déclaration, à des signes sans équivoque, la préférence dont il est l'objet :

> Sans employer la langue, il est des interprètes
> Qui parlent clairement des atteintes secrètes :
> Un soupir, un regard, une simple rougeur,
> Un silence est assez pour expliquer un cœur ;
> Tout parle dans l'amour ; et sur cette matière
> Le moindre jour doit être une grande lumière[15]…

Forte de ce principe de la réserve féminine, qui devrait être une loi et interdire toute jalousie, Elvire refuse de faire parvenir au prince de Navarre une déclaration écrite, se réservant de la faire de bouche. Mais de la frénésie de jalousie de Dom Garcie et de la colère que celle-ci entraîne chez la jeune femme, elle prévoit l'éclat d'une rupture (« Un éclat à briser tout commerce entre nous », vers 58) et, dès cette première scène de la pièce, tient un propos fort désabusé, qu'il faudra faire résonner au dénouement ; si Dom Garcie ne change pas,

---

14   V, 6, v. 1867.
15   I, 1, vers 67-72.

L'hymen ne peut nous joindre, et j'abhorre des nœuds
Qui deviendraient sans doute un enfer pour tous deux[16].

Pourtant, Molière fait évoluer autrement son héroïne féminine. Elle calme d'abord le *trouble* de Dom Garcie, qu'elle pense *guérir* par la douceur, en laissant entendre qu'il n'en sera pas toujours ainsi (I, 3). La seconde déferlante de la jalousie de Dom Garcie, accompagnée de l'accusation de trahison – cette accusation est une action proprement déraisonnable – voit Elvire se cabrer, affirmer hautement sa liberté – oh ! ce significatif vers 578 : « Bien que de vous mon cœur ne prenne point de loi » ! – ; mais elle accepte de se disculper d'une fausse et blessante accusation, fait lire au jaloux cette lettre qui était aveu et consent à lui pardonner, ce qui est une manière de confirmer l'aveu écrit. Il faut bien comprendre ce que peut représenter un tel aveu : confesser qu'on aime, c'est se faire, pour une femme, un « effort extrême », c'est laisser échapper un « oracle » contre « l'honneur du sexe » ; et douter encore, en l'occurrence, représente pour l'amant une faute impardonnable[17]. On reconnaît là le vocabulaire, le code, les lois et l'idéologie de l'amour galant. Et cela entraîne dans toute la pièce une phraséologie amoureuse entre les femmes aimées et leurs amants et entre les rivaux, qui embarrasse et obscurcit singulièrement le langage de *Dom Garcie de Navarre*, loin de la langue comique si claire que Molière avait déjà inventée. Propos galants, courtois, précieux, féministes ou tout simplement féminins, comme on voudra. Quoi qu'il en soit, Dom Garcie n'a pas compris cela, et il va récidiver.

Plus clairement à la venue de Dom Sylve, le nouvel accès de Dom Garcie permet à Elvire de mettre en valeur

---

16 *Ibid.*, vers 141-142.
17 Voir III, 2, vers 804-811.

ce qu'elle redoute par-dessus tout du jaloux : la mainmise sur elle que provoque la jalousie : « Avez-vous sur mon cœur quelque empire à prétendre[18] ? » Le jaloux s'arroge un *pouvoir* sur son cœur, qu'elle ne peut accepter. Quand, profondément blessée (elle parle de « l'outrage sanglant » qu'on fait à sa « gloire », au vers 1465), elle se résoudra à se justifier encore une fois, l'explication vaudra rupture d'avec le « tyran » :

> Jouissez à cette heure en tyran absolu
> De l'éclaircissement que vous avez voulu[19].

Malgré les offenses à elle multipliées, malgré ses menaces de rompre si le jaloux ne se guérit pas de ses soupçons sur les apparences, Elvire finit par pardonner définitivement au coupable, touchée par cet amour que dit trop mal la jalousie, par cette fatalité qui, malgré les promesses et les efforts de Dom Garcie (que peut le jaloux contre son tempérament ?), le fait retomber dans son mal, sensible aussi à la souffrance qu'elle voit en lui (Dom Garcie n'envisage-t-il pas un héroïque suicide[20] ?). C'est elle qui fait l'effort de renoncer à l'idée qu'elle se fait de sa liberté et à sa gloire pour rendre possible un mariage qui laisse un peu rêveur. Remarquons que l'aveu final devant tous – « Mon roi, sans me gêner, peut me donner à vous » (vers 1871) – se sert de la litote, qui est une dernière réticence de langage ! Et l'on pense à certaines jeunes filles de Marivaux...

Comparé à celui du *Misanthrope*, le dénouement de *Dom Garcie de Navarre* ne laisse pas d'être quelque peu paradoxal. Par quel miracle, Dom Garcie, qui n'a cessé de récidiver, qui a été continûment la proie de cette fatalité intérieure

---

18   III, 3, v. 1020. Et les vers voisins.
19   IV, 9, vers 1462-1463.
20   Voir V, 1.

qu'est sa jalousie, sera guéri dès lors qu'il sera marié ? Et il
faut beaucoup de vertu à Elvire pour oublier les insultes,
renoncer à sa dignité et pardonner – elle qui voyait un enfer
dans le mariage avec un jaloux. Le dénouement de *Dom
Garcie de Navarre* paraît assez artificiel et d'un optimisme
bien volontariste –sans que soient envisagées les véritables
conditions d'une harmonie amoureuse plénière, faite d'oubli
de soi et de don réciproque à l'autre, sans réserve, avec une
confiance sans faille. Elvire, pour sa part, serait-elle sur cette
voie ? Le dénouement du *Misanthrope*, de tonalité carrément
tragique, est plus cohérent avec la pièce, qui marque au
long l'incompatibilité absolue entre Alceste et Célimène. Le
dénouement heureux de *Dom Garcie de Navarre* – heureux,
car le mariage, n'est-ce pas ?... – semble un peu inapproprié.

Mais quelle profondeur, déjà, dans l'analyse du vice ou
de la maladie de la jalousie – du vice de la *libido dominandi*,
de la volonté de posséder et de dominer entièrement autrui,
en fait.

LE TEXTE

Puisque Molière ne publia finalement pas *Dom Garcie de
Navarre* de son vivant – l'écriture du *Misanthrope* le poussa-
t-elle à laisser tomber cette impression, dans l'idée que cette
comédie reprenait et transcendait la thématique de *Dom
Garcie ?* –, la première édition se trouve dans *Les Œuvres
de Monsieur de Molière*, revues, corrigées et augmentées [par
Vivot et La Grange], les tomes VII et VIII étant consacrés
aux *Œuvres posthumes. Dom Garcie* se trouve au tome VII,
p. 5-86. Voici la description de ce volume :

LES / ŒUVRES / POSTHUMES / DE / MONSIEUR / DE MOLIERE. / *TOME VII.* / Imprimées pour la premiere fois en 1682. / *Enrichies de Figures en Taille-douce.* / A PARIS. / Chez / DENYS THIERRY, ruë Saint Jacques, à / l'enseigne de la Ville de Paris. / CLAUDE BARBIN, au Palais sur le se- / cond Perron de la Sainte Chapelle. / ET / PIERRE TRABOUILLET, au Palais, dans la / Gallerie des Prisonniers, à l'image S. Hubert, & / à la Fortune, proche le Greffe des / Eaux & Forests / M. DC. LXXXII. / *AVEC PRIVILEGE DU ROY.*

Plusieurs exemplaires à la BnF Tolbiac, Arts du spectacle et Arsenal ; l'exemplaire Rés YF 3161 (7) a été microfilmé (MICROFILM M-17487).

BIBLIOGRAPHIE

GUTWIRTH, Marcel, « *Dom Garcie de Navarre* et *Le Misanthrope* : de la comédie héroïque au comique du héros », *P.M.L.A.*, 1968, p. 118-129.

CONESA, Gabriel, « Étude stylistique et dramaturgique des emprunts du *Misanthrope* à *Dom Garcie de Navarre* », *R.H.T.*, 1978-1, p. 19-30.

CHUPEAU, Jacques, « *Dom Garcie de Navarre* ou les leçons d'un échec », [in] *Hommage à René Fromilhague, Cahiers de littérature du XVIIᵉ siècle*, nº 6, 1984, p. 67-76.

MÉRON, Évelyne, « Molière et Corneille : *Dom Garcie de Navarre* », *P.F.S.C.L.*, XXVIII, 55 (2001), p. 389-401.

MAZOUER, Charles, « Variations épistolaires dans le théâtre de Molière », [in] *Séries et variations. Études littéraires offertes à Sylvain Menant*, Presses de l'Université de Paris Sorbonne, 2010, p. 389-398.

DOM GARCIE
DE NAVARRE
OU
LE PRINCE JALOUX,

COMÉDIE

PAR J.-B. P. MOLIÈRE.

Représentée pour la première fois, le qua-
trième février 1661 sur le Théâtre
de la salle du Palais-Royal.

Par la troupe de Monsieur,
Frère unique du Roi.

PERSONNAGES

DOM GARCIE, prince de Navarre, amant[1] d'Elvire.

ELVIRE, princesse de Léon.

ÉLISE, confidente d'Elvire.

DOM ALPHONSE, prince de Léon, cru prince de Castille, sous le nom de DOM SYLVE.

IGNÈS, comtesse, amante de Dom Sylve, aimée par Mauregat, usurpateur de l'État de Léon.

DOM ALVAR, confident de Dom Garcie, amant d'Élise.

DOM LOPE, autre confident de Dom Garcie, amant rebuté d'Élise.

DOM PÈDRE, écuyer d'Ignès.

La scène est dans Astorgue, ville d'Espagne,
dans le royaume de Léon.

---

1   Rappelons que *l'amant* est payé de retour, à la différence de *l'amoureux*, amant rebuté.

DOM GARCIE
DE NAVARRE,
OU
LE PRINCE JALOUX,

Comédie

ACTE PREMIER

Scène PREMIÈRE
DONE ELVIRE, ÉLISE

DONE ELVIRE

Non, ce n'est point un choix qui pour ces deux
                                            [amants
Sut régler de mon cœur les secrets sentiments ;
Et le Prince n'a point dans tout ce qu'il peut être
Ce qui fit préférer l'amour qu'il fait paraître.
5   Dom Sylve comme lui fit briller à mes yeux
Toutes les qualités d'un héros glorieux ;
Même éclat de vertus, joint à même naissance, [A iiij] [8]
Me parlait en tous deux pour cette préférence ;
Et je serais encore à nommer le vainqueur,
10 Si le mérite seul prenait droit sur un cœur.
Mais ces chaînes du Ciel, qui tombent sur nos âmes,
Décidèrent en moi le destin de leurs flammes ;
Et toute mon estime, égale entre les deux,

Laissa vers Dom Garcie entraîner tous mes vœux[2].

ÉLISE

15 Cet amour que pour lui votre astre vous inspire
N'a sur vos actions pris que bien peu d'empire,
Puisque nos yeux, Madame, ont pu longtemps douter
Qui de ces deux amants vous vouliez mieux traiter.

DONE ELVIRE

De ces nobles rivaux l'amoureuse poursuite
20 À de fâcheux combats, Élise, m'a réduite.
Quand je regardais l'un, rien ne me reprochait
Le tendre mouvement où mon âme penchait;
Mais je me l'imputais à beaucoup d'injustice
Quand de l'autre à mes yeux s'offrait le sacrifice.
25 Et Dom Sylve, après tout, dans ses soins amoureux
Me semblait mériter un destin plus heureux.
Je m'opposais encor ce qu'au sang de Castille
Du feu roi de Léon semble devoir la fille,
Et la longue amitié, qui d'un étroit lien
30 Joignit les intérêts de son père et du mien.
Ainsi, plus dans mon âme un autre prenait place,
Plus de tous ses respects je plaignais la disgrâce;
Ma pitié, complaisante à ses brûlants soupirs,
D'un dehors favorable amusait ses désirs,
35 Et voulait réparer, par ce faible avantage,
Ce qu'au fond de mon cœur je lui faisais d'outrage[3].

2   L'estime d'Elvire est égale pour les deux hommes, de même mérite ; mais
l'inclination la porte comme malgré elle, selon la volonté céleste que
symbolise la puissance des astres, vers Dom Garcie, à qui elle a donné
finalement la préférence sur son rival. On reconnaît un débat du temps
entre estime et inclination.

3   Elvire, ne pouvant aimer Dom Sylve, pourtant aussi estimable et aussi
enflammé que Dom Garcie, conçoit pour lui de la pitié, une pitié qui

ÉLISE   [9]

Mais son premier amour, que vous avez appris,
Doit de cette contrainte affranchir vos esprits.
Et puisqu'avant ses soins, où pour vous il s'engage,
40   Done Ignès de son cœur avait reçu l'hommage,
Et que par des liens aussi fermes que doux
L'amitié vous unit, cette comtesse et vous,
Son secret révélé vous est une matière
À donner à vos vœux liberté tout entière ;
45   Et vous pouvez, sans crainte, à cet amant confus
D'un devoir d'amitié couvrir tous vos refus.

DONE ELVIRE

Il est vrai que j'ai lieu de chérir la nouvelle
Qui m'apprit que Dom Sylve était un infidèle,
Puisque par ses ardeurs mon cœur tyrannisé
50   Contre elles à présent se voit autorisé,
Qu'il en peut justement combatte les hommages,
Et sans scrupule ailleurs donner tous ses suffrages.
Mais enfin quelle joie en peut prendre ce cœur,
Si d'une autre contrainte il souffre la rigueur ?
55   Si d'un prince jaloux l'éternelle faiblesse
Reçoit indignement les soins[4] de ma tendresse,
Et semble préparer dans mon juste courroux
Un éclat à briser tout commerce[5] entre nous ?

---

trompe Dom Sylve en lui laissant croire qu'Elvire répondrait à son amour,
alors qu'il n'en est rien – ce dont elle marque quelque mauvaise conscience,
d'autant qu'elle estime encore pouvoir hésiter entre les deux amoureux.
4   Les signes, les marques de mon amour pour lui.
5   Toute relation (ici amoureuse).

ÉLISE

Mais si de votre bouche il n'a point su sa gloire[6],
60   Est-ce un crime pour lui que de n'oser la croire ?
Et ce qui d'un rival a pu flatter les feux
L'autorise-t-il pas à douter de vos vœux[7] ?

DONE ELVIRE

Non, non, de cette sombre et lâche[8] jalousie
Rien ne peut excuser l'étrange frénésie[9] ;
65   Et par mes actions[10] je l'ai trop informé
Qu'il peut bien se flatter du bonheur d'être aimé.
Sans employer la langue, il est des interprètes   [10]
Qui parlent clairement des atteintes secrètes.
Un soupir, un regard, une simple rougeur,
70   Un silence est assez pour expliquer un cœur.
Tout parle dans l'amour ; et sur cette matière
Le moindre jour doit être une grande lumière,
Puisque chez notre sexe, où l'honneur est puissant,
On ne montre jamais tout ce que l'on ressent.
75   J'ai voulu, je l'avoue, ajuster ma conduite[11],
Et voir d'un œil égal l'un et l'autre mérite ;
Mais que contre ses vœux on combat vainement,
Et que la différence est connue aisément
De toutes ces faveurs qu'on fait avec étude,

---

6   Si Elvire n'a pas dit à Dom Garcie qu'il était le préféré, qu'il avait la
      gloire, l'honneur d'être le préféré.
7   Et cette pitié qu'Elvire a montrée à Dom Sylve, et que celui-ci pouvait
      prendre pour de l'amour, n'autorise-t-elle pas aussi Dom Garcie à douter
      de la préférence que lui a accordée en son cœur Elvire ?
8   Vile, indigne d'un grand cœur.
9   Sens très fort de *frénésie* : exaltation violente qui met hors de soi, folie
      furieuse.
10   Diérèse.
11   Régler, rendre juste ma conduite.

80   À celles où du cœur fait pencher l'habitude[12] !
      Dans les unes toujours on paraît se forcer ;
      Mais les autres, hélas ! se font sans y penser,
      Semblables à ces eaux, si pures et si belles,
      Qui coulent sans effort des sources naturelles.
85   Ma pitié pour Dom Sylve avait beau l'émouvoir,
      J'en trahissais les soins, sans m'en apercevoir[13].
      Et mes regards au Prince, en un pareil martyre,
      En disaient toujours plus que je n'en voulais dire.

                        ÉLISE
      Enfin, si les soupçons de cet illustre amant,
90   Puisque vous le voulez, n'ont point de fondement,
      Pour le moins font-ils foi d'une âme bien atteinte,
      Et d'autres chériraient ce qui fait votre plainte.
      De jaloux mouvements doivent être odieux,
      S'ils partent d'un amour qui déplaise à nos yeux.
95   Mais tout ce qu'un amant nous peut montrer
                                        [d'alarmes
      Doit, lorsque nous l'aimons, avoir pour nous des
                                        [charmes ;
      C'est par là que son feu se peut mieux exprimer,
      Et plus il est jaloux, plus nous devons l'aimer[14].

---

12 Comprendre : Dom Garcie aurait dû voir la différence entre les faveurs
    qu'elle montrait à Dom Sylve, par effort, en prenant sur elle, et qui
    étaient compassion, et celles, où parlait son cœur, manifestées à Dom
    Garcie. *Habitude* : complexion, naturel.
13 Tous les commentateurs butent sur ces vers. On peut comprendre : la
    pitié que je montrais à Dom Sylve pouvait inquiéter Dom Garcie, mais,
    sans en être consciente, je manifestais que cette pitié était forcée et mes
    regards lui faisaient comprendre qu'il était, lui, aimé.
14 La jalousie de son amant est-elle agréable ou insupportable à la femme
    aimée ? C'est une « question d'amour » débattue alors ; elle reparaîtra
    dans *Les Fâcheux* (II, 4).

Ainsi, puisqu'en votre âme un prince
[magnanime… [11]

DONE ELVIRE

100   Ah! ne m'avancez point cette étrange maxime[15].
Partout la jalousie est un monstre odieux,
Rien n'en peut adoucir les traits injurieux[16] ;
Et plus l'amour est cher qui lui donne naissance[17],
Plus on doit ressentir les coups de cette offense.
105   Voir un prince emporté, qui perd à tous moments
Le respect que l'amour inspire aux vrais amants ;
Qui, dans les soins[18] jaloux où son âme se noie,
Querelle également mon chagrin, et ma joie[19],
Et dans tous mes regards ne peut rien remarquer
110   Qu'en faveur d'un rival il ne veuille expliquer[20] :
Non, non, par ces soupçons je suis trop offensée,
Et sans déguisement je te dis ma pensée.
Le prince Dom Garcie est cher à mes désirs,
Il peut d'un cœur illustre échauffer les soupirs ;
115   Au milieu de Léon, on a vu son courage
Me donner de sa flamme un noble témoignage,
Braver en ma faveur des périls les plus grands,
M'enlever aux desseins de nos lâches tyrans,
Et dans ces murs forcés[21] mettre ma destinée

---

15 Cette maxime scandaleuse.
16 Valeur stylistique des diérèses à la rime.
17 Plus un amour est cher à la femme aimée, plus elle sera offensée que cet
amour puisse donner lieu à la jalousie.
18 *Soins* : soucis, soupçons.
19 Soupçonne et accuse tous mes sentiments, que mon humeur soit maussade
ou joyeuse.
20 Dans tous les regards il pense voir une faveur que je ferais à un rival.
21 Forcés par lui, par son courage. Ces murs sont ceux d'Astorgue où Elvire
est réfugiée présentement et a échappé aux desseins du tyran Mauregat.

120 À couvert des horreurs d'un indigne hyménée ;
     Et je ne cèle point que j'aurais de l'ennui[22]
     Que la gloire en fût due à quelque autre qu'à lui ;
     Car un cœur amoureux prend un plaisir extrême
     À se voir redevable, Élise, à ce qu'il aime,
125 Et sa flamme timide ose mieux éclater,
     Lorsqu'en favorisant, elle croit s'acquitter.
     Oui, j'aime qu'un secours qui hasarde sa tête[23]
     Semble à sa passion donner droit de conquête.
     J'aime que mon péril m'ait jetée en ses mains ;
130 Et si les bruits communs ne sont pas des bruits vains,
     Si la bonté du Ciel nous ramène mon frère,   [12]
     Les vœux les plus ardents que mon cœur puisse faire,
     C'est que son bras[24] encor sur un perfide sang
     Puisse aider à ce frère à reprendre son rang,
135 Et par d'heureux succès d'une haute vaillance
     Mériter tous les soins de sa reconnaissance.
     Mais avec tout cela, s'il pousse mon courroux,
     S'il ne purge ses feux de leurs transports jaloux,
     Et ne les range aux lois que je lui veux prescrire,
140 C'est inutilement qu'il prétend[25] Done Elvire.
     L'hymen ne peut nous joindre, et j'abhorre des nœuds
     Qui deviendraient sans doute un enfer pour tous
                                                    [deux.

                          ÉLISE
     Bien que l'on pût avoir des sentiments tout autres,
     C'est au prince, Madame, à se régler aux vôtres ;
145 Et dans votre billet ils sont si bien marqués,

---

22 Du chagrin.
23 En secourant Elvire, Dom Garcie a risqué sa tête.
24 Le bras de Dom Garcie.
25 *Prétendre*, transitif : courtiser, rechercher en vue du mariage.

Que quand il les verra de la sorte expliqués…

DONE ELVIRE

Je n'y veux point, Élise, employer cette lettre ;
C'est un soin qu'à ma bouche il me vaut mieux
[commettre[26].
La faveur d'un écrit laisse aux mains d'un amant
150   Des témoins trop constants de notre attachement.
Ainsi donc empêchez qu'au Prince on ne la livre.

ÉLISE

Toutes vos volontés sont des lois qu'on doit suivre.
J'admire[27] cependant que le Ciel ait jeté
Dans le goût des esprits tant de diversité,
155   Et que ce que les uns regardent comme outrage
Soit vu par d'autres yeux sous un autre visage[28].
Pour moi je trouverais mon sort tout à fait doux,
Si j'avais un amant qui pût être jaloux ;
Je saurais m'applaudir de son inquiétude ;   [13]
160   Et ce qui pour mon âme est souvent un peu rude,
C'est de voir Dom Alvar ne prendre aucun souci.

DONE ELVIRE

Nous ne le croyions pas si proche ; le voici.

Scène II

DONE ELVIRE, DOM ALVAR, ÉLISE

DONE ELVIRE

Votre retour surprend, qu'avez-vous à m'apprendre ?

---

26 Confier.
27 *Admirer* : considérer avec surprise.
28 Aspect.

Dom Alphonse vient-il ? a-t-on lieu de l'attendre ?

DOM ALVAR

165 Oui, Madame, et ce frère en Castille élevé
     De rentrer dans ses droits voit le temps arrivé.
     Jusqu'ici Dom Louis, qui vit à sa prudence
     Par le feu roi mourant commettre[29] son enfance,
     A caché ses destins aux yeux de tout l'État,
170 Pour l'ôter aux fureurs du traître Mauregat.
     Et bien que le tyran, depuis sa lâche audace[30],
     L'ait souvent demandé pour lui rendre sa place[31],
     Jamais son zèle[32] ardent n'a pris de sûreté
     À l'appât dangereux de sa fausse équité.
175 Mais, les peuples émus[33] par cette violence
     Que vous a voulu faire une injuste puissance,
     Ce généreux[34] vieillard a cru qu'il était temps
     D'éprouver le succès d'un espoir de vingt ans[35].
     Il a tenté Léon, et ses fidèles trames
180 Des grands, comme du peuple, ont pratiqué[36] les âmes,
     Tandis que la Castille armait dix mille bras   [14]

---

29 Confier.
30 Depuis qu'il a montré son audace ignoble, vile, en usurpant le trône de
    Léon.
31 Mauregat a réclamé Dom Alphonse pour lui rendre sa place légitime
    sur le trône de Léon.
32 Il s'agit du zèle de Dom Louis, qui se méfie du piège que constitue la
    justice trompeuse de Mauregat.
33 Révoltés. Une émotion populaire est une émeute populaire, une rébellion.
    Notez la diérèse sur violence.
34 *Généreux* : de race noble.
35 D'éprouver ce que pourrait donner l'éducation prodiguée par lui pendant
    vingt ans au jeune Dom Alphonse, en le lançant dans la tentative de
    reconquête de son trône légitime (*il a tenté Léon*).
36 *Pratiquer* : gagner, se ménager.

Pour redonner ce prince aux vœux de ses États ;
Il fait auparavant semer sa renommée,
Et ne veut le montrer qu'en tête d'une armée,
185   Que tout prêt à lancer le foudre[37] punisseur
Sous qui doit succomber un lâche ravisseur.
On investit Léon, et Dom Sylve en personne
Commande le secours que son père vous donne.

DONE ELVIRE

Un secours si puissant doit flatter notre espoir ;
190   Mais je crains que mon frère y puisse trop devoir[38].

DOM ALVAR

Mais, Madame, admirez[39] que, malgré la tempête
Que votre usurpateur oit[40] gronder sur sa tête,
Tous les bruits de Léon annoncent pour certain
Qu'à la comtesse Ignès il va donner la main.

DONE ELVIRE

195   Il cherche dans l'hymen de cette illustre fille
L'appui du grand crédit où se voit sa famille.
Je ne reçois rien d'elle, et j'en suis en souci ;
Mais son cœur au tyran fut toujours endurci.

ÉLISE

De trop puissants motifs, d'honneur et de tendresse,
200   Opposent ses refus aux nœuds dont on la presse
Pour…

---

37   *Foudre* est masculin ou féminin au XVIIe siècle.
38   Comprendre : je crains que mon frère, redevable à Dom Sylve, lui donne ma main.
39   Voir au v. 153.
40   Du verbe *ouïr* (emploi archaïque). L'usurpateur de l'État de Léon est toujours Mauregat, le tyran.

DOM ALVAR

Le Prince entre ici.

Scène III   [15]

DOM GARCIE, DONE ELVIRE, DOM ALVAR, ÉLISE

DOM GARCIE

Je viens m'intéresser[41],
Madame, au doux espoir qu'il vous vient d'annoncer.
Ce frère qui menace un tyran plein de crimes,
Flatte de mon amour les transports légitimes.
205 Son sort offre à mon bras des périls glorieux,
Dont je puis faire hommage à l'éclat de vos yeux,
Et par eux[42] m'acquérir, si le Ciel m'est propice,
La gloire d'un revers que vous doit sa justice[43],
Qui va faire à vos pieds choir l'infidélité,
210 Et rendre à votre sang toute sa dignité.
Mais ce qui plus me plaît, d'une attente si chère,
C'est que pour être roi le Ciel vous rend ce frère,
Et qu'ainsi mon amour peut éclater au moins
Sans qu'à d'autres motifs on impute ses soins,
215 Et qu'il soit soupçonné que dans votre personne
Il cherche à me gagner les droits d'une couronne[44].

---

41 *S'intéresser* : prendre parti, se passionner pour.
42 Par ces périls glorieux.
43 Un *revers* est un changement de fortune, d'ailleurs bon ou mauvais. Il
     serait juste que la Providence autorisât ce changement de fortune et
     que Dom Garcie ait la gloire d'avoir éliminé le tyran et participé au
     rétablissement du souverain légitime.
44 Dom Garcie peut afficher son amour pour Elvire sans être soupçonné de
     la courtiser par ambition et par intérêt ; en effet, si le frère était mort,
     Elvire prendrait le trône et on pourrait accuser Dom Garcie de vouloir
     le trône en épousant Elvire.

Oui, tout mon cœur voudrait montrer aux yeux
[de tous
Qu'il ne regarde en vous autre chose que vous ;
Et cent fois, si je puis le dire sans offense,
220   Ses vœux se sont armés contre votre naissance ;
Leur chaleur indiscrète[45] a d'un destin plus bas
Souhaité le partage à vos divins appas,
Afin que de ce cœur le noble sacrifice
Pût du Ciel envers vous réparer l'injustice,
225   Et votre sort tenir des mains de mon amour,   [16]
Tout ce qu'il doit au sang dont vous tenez le jour[46].
Mais puisque enfin les Cieux, de tout ce juste
[hommage
À mes feux prévenus[47] dérobent l'avantage,
Trouvez bon que ces feux prennent un peu d'espoir
230   Sur la mort[48] que mon bras s'apprête à faire voir,
Et qu'ils osent briguer par d'illustres services,
D'un frère et d'un État les suffrages propices.

DONE ELVIRE

Je sais que vous pouvez, Prince, en vengeant nos
[droits,
Faire par votre amour parler cent beaux exploits.
235   Mais ce n'est pas assez pour le prix qu'il espère
Que l'aveu d'un État et la faveur d'un frère.
Done Elvire n'est pas au bout de cet effort,

---

45   *Indiscrète* : sans discernement, déplacée.
46   Comprendre que Dom Garcie a souhaité cent fois qu'Elvire ne fût
pas princesse et qu'elle dût à Dom Garcie de la sortir de son humble
condition. Ces vers seront repris et remaniés dans *Le Misanthrope* (IV, 3),
avec une couleur encore plus inquiétante, Alceste rêvant que Célimène
lui doive tout, qu'elle dépende entièrement de lui…
47   Devancés par la volonté du Ciel.
48   La mort du tyran.

Et je vous vois à vaincre un obstacle plus fort.

DOM GARCIE

Oui, Madame, j'entends ce que vous voulez dire ;
240   Je sais bien que pour vous mon cœur en vain soupire,
Et l'obstacle puissant, qui s'oppose à mes feux,
Sans que vous le nommiez, n'est pas secret pour eux.

DONE ELVIRE

Souvent on entend mal ce qu'on croit bien entendre,
Et par trop de chaleur, Prince, on se peut méprendre.
245   Mais puisqu'il faut parler, désirez-vous savoir
Quand vous pourrez me plaire, et prendre quelque
[espoir ?

DOM GARCIE

Ce me sera, Madame, une faveur extrême.

DONE ELVIRE

Quand vous saurez m'aimer comme il faut que
[l'on aime[49].

DOM GARCIE   [17]

Et que peut-on, hélas ! observer sous les cieux
250   Qui ne cède à l'ardeur que m'inspirent vos yeux ?

DONE ELVIRE

Quand votre passion ne fera rien paraître
Dont se puisse indigner celle qui l'a fait naître.

---

49 Vers repris dans Le Misanthrope, mais sous une forme différente (« Non,
vous ne m'aimez point comme il faut que l'on aime », v. 1421, en IV, 3
également) et avec une portée différente : Elvire n'est pas Célimène.

DOM GARCIE

C'est là son plus grand soin.

DONE ELVIRE

Quand tous ses mouvements
Ne prendront point de moi de trop bas sentiments.

DOM GARCIE

255   Ils vous révèrent trop.

DONE ELVIRE

Quand d'un injuste ombrage[50]
Votre raison saura me réparer l'outrage,
Et que vous bannirez, enfin, ce monstre affreux
Qui de son noir venin empoisonne vos feux.
Cette jalouse humeur, dont l'importun caprice[51]
260   Aux vœux que vous m'offrez rend un mauvais office,
S'oppose à leur attente, et contre eux à tous coups
Arme les mouvements de mon juste courroux.

DOM GARCIE

Ah! Madame, il est vrai, quelque effort que je fasse,
Qu'un peu de jalousie en mon cœur trouve place,
265   Et qu'un rival, absent de vos divins appas[52],
Au repos de ce cœur vient livrer des combats.
Soit caprice ou raison, j'ai toujours la croyance
Que votre âme en ces lieux souffre de son absence,
Et que malgré mes soins, vos soupirs amoureux
270   Vont trouver à tous coups ce rival trop heureux.

---

50   *Ombrage* : soupçon, jalousie.
51   Les mouvements insensés, proches de la folie, de la jalousie de Dom
Garcie.
52   Comprendre : et qu'un rival, bien qu'absent et aussi bien qu'éloigné de
votre cœur, bien que vous ne l'aimiez pas, me trouble.

Mais si de tels soupçons ont de quoi vous déplaire,
Il vous est bien facile, hélas ! de m'y soustraire ;
Et leur bannissement, dont j'accepte la loi,   [B] [18]
Dépend bien plus de vous qu'il ne dépend de moi.
275   Oui, c'est vous qui pouvez, par deux mots pleins
                                      [de flamme,
Contre la jalousie armer toute mon âme,
Et des pleines clartés d'un glorieux espoir[53]
Dissiper les horreurs que ce monstre y fait choir.
Daignez donc étouffer le doute qui m'accable,
280   Et faites qu'un aveu d'une bouche adorable
Me donne l'assurance, au fort de[54] tant d'assauts,
Que je ne puis trouver dans le peu que je vaux.

DONE ELVIRE

Prince, de vos soupçons la tyrannie est grande.
Au moindre mot qu'il dit un cœur veut qu'on
                                      [l'entende,
285   Et n'aime pas ces feux dont l'importunité
Demande qu'on s'explique avec tant de clarté.
Le premier mouvement qui découvre notre âme,
Doit d'un amant discret[55] satisfaire la flamme ;
Et c'est à s'en dédire autoriser nos vœux
290   Que de vouloir plus avant pousser de tels aveux.
Je ne dis point quel choix, s'il m'était volontaire[56],
Entre Dom Sylve et vous mon âme pourrait faire ;
Mais vouloir vous contraindre à n'être point jaloux
Aurait dit quelque chose à tout autre que vous ;

---

53   En avouant clairement que vous m'aimez et en me donnant ainsi l'espoir
      glorieux de devenir votre époux.
54   Au milieu de.
55   Qui a du discernement.
56   S'il dépendait de ma volonté, si j'en étais vraiment maîtresse.

295   Et je croyais cet ordre un assez doux langage,
      Pour n'avoir pas besoin d'en dire davantage.
      Cependant votre amour n'est pas encor content ;
      Il demande un aveu qui soit plus éclatant.
      Pour l'ôter de scrupule, il me faut à vous-même,
300   En des termes exprès, dire que je vous aime ;
      Et peut-être qu'encor pour vous en assurer
      Vous vous obstineriez à m'en faire jurer[57].

              DOM GARCIE   [19]
      Eh bien ! Madame, eh bien ! je suis trop téméraire :
      De tout ce qui vous plaît je dois me satisfaire ;
305   Je ne demande point de plus grande clarté,
      Je crois que vous avez pour moi quelque bonté,
      Que d'un peu de pitié mon feu vous sollicite,
      Et je me vois heureux plus que je ne mérite.
      C'en est fait, je renonce à mes soupçons jaloux.
310   L'arrêt qui les condamne est un arrêt bien doux ;
      Et je reçois la loi qu'il daigne me prescrire
      Pour affranchir mon cœur de leur injuste empire.

              DONE ELVIRE
      Vous promettez beaucoup, Prince, et je doute fort
      Si vous pourrez sur vous faire ce grand effort[58].

              DOM GARCIE
315   Ah ! Madame, il suffit, pour me rendre croyable,
      Que ce qu'on vous promet doit être inviolable,
      Et que l'heur d'obéir à sa divinité
      Ouvre aux plus grands efforts trop de facilité ;

---

57 Vous vous obstineriez à me faire jurer l'amour que je vous aurais déjà
    clairement déclaré.
58 *Effort* : haut fait.

Que le Ciel me déclare une éternelle guerre,
320   Que je tombe à vos pieds d'un éclat de tonnerre,
Ou, pour périr encore par de plus rudes coups,
Puissé-je voir sur moi fondre votre courroux,
Si jamais mon amour descend à la faiblesse
De manquer aux devoirs d'une telle promesse,
325   Si jamais dans mon âme aucun jaloux transport
Fait...

Dom Pèdre apporte un billet.

DONE ELVIRE
J'en étais en peine, et tu m'obliges fort.
Que le courrier attende[59]. À ces regards qu'il jette,
Vois-je pas que déjà cet écrit l'inquiète ?
Prodigieux effet de son tempérament[60] !
330   Qui[61] vous arrête, Prince, au milieu du serment ?

DOM GARCIE   [B ij] [20]
J'ai cru que vous aviez quelque secret ensemble,
Et je ne voulais pas l'interrompre.

DONE ELVIRE
                  Il me semble
Que vous me répondez d'un ton fort altéré ;
Je vous vois tout à coup le visage égaré.
335   Ce changement soudain a lieu de me surprendre.
D'où peut-il provenir ? le pourrait-on apprendre ?

---

59 Après s'être adressée à Dom Pèdre, Elvire remarque le changement du
    visage de Dom Garcie, avant de s'adresser à lui pour lui en demander
    l'explication.
60 Selon Furetière, le *tempérament* est la complexion, qui résulte de
    l'arrangement des humeurs.
61 Qu'est-ce qui.

DOM GARCIE

D'un mal qui tout à coup vient d'attaquer mon cœur.

DONE ELVIRE

Souvent plus qu'on ne croit ces maux ont de rigueur,
Et quelque prompt secours vous serait nécessaire.
340   Mais encor, dites-moi, vous prend-il d'ordinaire?

DOM GARCIE

Parfois.

DONE ELVIRE

Ah! prince faible. Eh bien! par cet écrit,
Guérissez-le, ce mal : il n'est que dans l'esprit.

DOM GARCIE

Par cet écrit, Madame? Ah! ma main le refuse.
Je vois votre pensée, et de quoi l'on m'accuse.
345   Si...

DONE ELVIRE

Lisez-le, vous dis-je et satisfaites-vous!

DOM GARCIE

Pour me traiter après de faible, de jaloux?
Non, non, je dois ici vous rendre un témoignage
Qu'à mon cœur cet écrit n'a point donné d'ombrage;
Et bien que vos bontés m'en laissent le pouvoir,
350   Pour me justifier[62], je ne veux point le voir.

DONE ELVIRE   [21]

Si vous vous obstinez à cette résistance,
J'aurais tort de vouloir vous faire violence;

---

62   Pour vous montrer que je ne suis point jaloux. Diérèse sur *justifier*.

Et c'est assez enfin que vous avoir pressé
De voir de quelle main ce billet m'est tracé.

DOM GARCIE

355   Ma volonté toujours vous doit être soumise.
Si c'est votre plaisir que pour vous je le lise,
Je consens volontiers à prendre cet emploi.

DONE ELVIRE

Oui, oui, Prince, tenez, vous le lirez pour moi.

DOM GARCIE

C'est pour vous obéir, au moins, et je puis dire…

DONE ELVIRE

360   C'est ce que vous voudrez ; dépêchez-vous de lire.

DOM GARCIE

Il est de Done Ignès, à ce que je connois.

DONE ELVIRE

Oui. Je m'en réjouis, et pour vous et pour moi.

DOM GARCIE *lit.*
Malgré l'effort d'un long mépris[63]*,*
Le tyran toujours m'aime, et depuis votre absence,
365   *Vers moi, pour me porter au dessein qu'il a pris,*
Il semble avoir tourné toute sa violence,
      Dont il poursuit l'alliance
      De vous et de son fils.

     Ceux qui sur moi peuvent avoir empire,
370   *Par de lâches motifs qu'un faux honneur inspire,*

---

63   Bien que je le méprise fort depuis longtemps.

> *Approuvent tous cet indigne lien.*
> *J'ignore encor par où finira mon martyre ;*
> *Mais je mourrai plutôt que de consentir rien*[64].
>   *Puissiez-vous jouir, belle Elvire,*
> 375   *D'un destin plus doux que le mien.*

D. IGNÈS

> *Il continue.*   [E iij] [22]
> Dans la haute vertu son âme est affermie.

DONE ELVIRE

Je vais faire réponse à cette illustre amie.
Cependant apprenez, Prince, à vous mieux armer
Contre ce qui prend droit de vous trop alarmer.
380 J'ai calmé votre trouble avec cette lumière,
Et la chose a passé d'une douce manière ;
Mais, à n'en point mentir, il serait des moments
Où je pourrais entrer dans d'autres sentiments.

DOM GARCIE

Hé quoi ! vous croyez donc… ?

DONE ELVIRE

              Je crois ce qu'il faut croire.
385 Adieu, de mes avis conservez la mémoire ;
Et s'il est vrai pour moi que votre amour soit grand,
Donnez-en à mon cœur les preuves qu'il prétend.

DOM GARCIE

Croyez que désormais, c'est toute mon envie,
Et qu'avant qu'y manquer je veux perdre la vie.

> *Fin du premier acte.*

---

64   Plutôt que d'accepter quoi que ce soit (sens positif de *rien*).

ACTE II   [23]

Scène PREMIÈRE
ÉLISE, DOM LOPE

ÉLISE

390   Tout ce que fait le Prince, à parler franchement,
       N'est pas ce qui me donne un grand étonnement ;
       Car que d'un noble amour une âme biens saisie
       En pousse les transports jusqu'à la jalousie,
       Que de doutes fréquents ses vœux soient traversés,
395   Il est fort naturel, et je l'approuve assez.
       Mais ce qui me surprend, Dom Lope, c'est d'entendre
       Que vous lui préparez les soupçons qu'il doit prendre,
       Que votre âme les forme, et qu'il n'est en ces lieux
       Fâcheux que par vos soins, jaloux que par vos yeux.
400   Encore un coup, Dom Lope, une âme bien éprise
       Des soupçons qu'elle prend ne me rend point surprise ;
       Mais qu'on ait sans amour tous les soins d'un jaloux,
       C'est une nouveauté qui n'appartient qu'à vous.

DOM LOPE   [24]
       Que sur cette conduite à son aise l'on glose.
405   Chacun règle la sienne au but qu'il se propose ;
       Et rebuté par vous des soins de mon amour,
       Je songe auprès du Prince à bien faire ma cour.

ÉLISE
       Mais savez-vous qu'enfin il fera mal la sienne,
       S'il faut qu'en cette humeur votre esprit l'entretienne ?

DOM LOPE

410   Et quand, charmante Élise, a-t-on vu, s'il vous plaît,
Qu'on cherche auprès des grands que[65] son propre
[intérêt ?
Qu'un parfait courtisan veuille charger leur suite
D'un censeur des défauts qu'on trouve en leur
[conduite,
Et s'aille inquiéter si son discours leur nuit,
415   Pourvu que sa fortune en tire quelque fruit ?
Tout ce qu'on fait ne va qu'à se mettre en leur grâce ;
Par la plus courte voie on y cherche une place ;
Et les plus prompts moyens de gagner leur faveur,
C'est de flatter toujours le faible de leur cœur,
420   D'applaudir en aveugle à ce qu'ils veulent faire,
Et n'appuyer jamais ce qui peut leur déplaire.
C'est là le vrai secret d'être bien auprès d'eux.
Les utiles conseils font passer pour fâcheux,
425   Et vous laissent toujours hors de la confidence
Où vous jette d'abord[66] l'adroite complaisance.
Enfin on voit partout que l'art des courtisans
Ne tend qu'à profiter des faiblesses des grands,
À nourrir leurs erreurs, et jamais dans leur âme
Ne porter les avis des choses qu'on y blâme.

ÉLISE

430   Ces maximes un temps leur peuvent succéder[67] ;
Mais il est des revers qu'on doit appréhender.

---

65   Autre chose que.
66   Aussitôt.
67   Réussir.

Et dans l'esprit des grands qu'on tâche de
[surprendre⁶⁸, [25]
Un rayon de lumière à la fin peut descendre,
Qui sur tous ces flatteurs venge équitablement
435 Ce qu'a fait à leur gloire un long aveuglement.
Cependant je dirai que votre âme s'explique
Un peu bien librement sur votre politique ;
Et ses nobles motifs, au Prince rapportés,
Serviraient assez mal vos assiduités.

DOM LOPE

440 Outre que je pourrais désavouer⁶⁹ sans blâme
Ces libres vérités sur quoi s'ouvre mon âme,
Je sais fort bien qu'Élise a l'esprit trop discret
Pour aller divulguer cet entretien secret.
Qu'ai-je dit, après tout, que sans moi l'on ne
[sache ?
445 Et dans mon procédé que faut-il que je cache ?
On peut craindre une chute avec quelque raison,
Quand on met en usage ou ruse ou trahison.
Mais qu'ai-je à redouter, moi qui partout n'avance
Que les soins approuvés d'un peu de complaisance⁷⁰,
450 Et qui suis seulement par d'utiles leçons
La pente qu'a le Prince à de jaloux soupçons ?
Son âme semble en vivre, et je mets mon étude
À trouver des raisons à son inquiétude,
À voir de tous côtés s'il ne se passe rien,
455 À fournir le sujet d'un secret entretien.

---

68 Dans l'esprit des grands dont on tâche de s'emparer frauduleusement,
    par surprise.
69 *Désavouer* : ne pas reconnaître.
70 Comprendre : moi qui ne fais qu'appuyer, que servir (*avancer*) chez Dom
    Garcie les soupçons (*soins*) qu'il nourrit volontiers.

Et quand je puis venir, enflé[71] d'une nouvelle,
Donner à son repos une atteinte mortelle,
C'est lors que plus il m'aime, et je vois sa raison
D'une audience[72] avide avaler ce poison,
460   Et m'en remercier comme d'une victoire
Qui comblerait ses jours de bonheur et de gloire.
Mais mon rival paraît : je vous laisse tous deux,
Et bien que je renonce à l'espoir de vos vœux[73],
J'aurais un peu de peine à voir qu'en ma présence [C] [26]
465   Il reçût des effets de quelque préférence ;
Et je veux, si je puis, m'épargner ce souci.

ÉLISE
Tout amant de bon sens en doit user ainsi.

Scène II
DOM ALVAR, ÉLISE

DOM ALVAR
Enfin, nous apprenons que le roi de Navarre
Pour les désirs du Prince aujourd'hui se déclare,
470   Et qu'un nouveau renfort de troupes nous attend
Pour le fameux[74] service où son amour prétend.
Je suis surpris pour moi qu'avec tant de vitesse
On ait fait avancer… Mais…

---

71 Enorgueilli.
72 *Audience* : « attention qu'on prête à quelque discours » (Furetière).
73 À l'espoir que vos vœux soient pour moi, que vous m'aimiez.
74 *Fameux* : notoire, glorieux.

Scène III
DOM GARCIE, ÉLISE, DOM ALVAR

DOM GARCIE
Que fait la Princesse ?

ÉLISE
Quelques lettres, Seigneur, je le présume ainsi ;
475 Mais elle va savoir que vous êtes ici.

Scène IV   [27]

DOM GARCIE, *seul.*
J'attendrai qu'elle ait fait. Près de souffrir[75] sa vue,
D'un trouble tout nouveau je me sens l'âme émue ;
Et la crainte, mêlée à mon ressentiment[76],
Jette par tout mon corps un soudain tremblement.
480 Prince, prends garde au moins qu'un aveugle caprice[77]
Ne te conduise ici dans quelque précipice,
Et que de ton esprit les désordres puissants
Ne donnent un peu trop[78] au rapport de tes sens.
Consulte ta raison, prends sa clarté pour guide,
485 Vois si de tes soupçons l'apparence est solide.
Ne démens pas leur voix ; mais aussi garde bien
Que pour les croire trop, ils ne t'imposent rien[79],

---

75 Supporter, endurer.
76 Le *ressentiment* peut désigner le fait de ressentir, en général. Le mot
désigne aussi le sentiment en retour, ou même le sentiment de douleur.
Dom Garcie évoque ici ce qu'il ressent en se croyant trahi par Elvire.
77 Le *caprice* est une pensée proche de la folie.
78 Ne croient un peu trop.
79 Comprendre : ne démens pas ce que voient tes sens, mais fais attention,
ne les crois pas trop et évite qu'ils ne te trompent (*ne t'imposent*) en quoi
que ce soit.

Qu'à tes premiers transports ils n'osent trop
                                        [permettre,
Et relis posément cette moitié de lettre[80].
490   Ah! qu'est-ce que mon cœur, trop digne de pitié,
Ne voudrait pas donner pour son autre moitié!
Mais après tout que dis-je? Il suffit bien de l'une,
Et n'en voilà que trop pour voir mon infortune.

Quoique votre rival...
495   *Vous devez toutefois vous...*
Et vous avez en vous à...
L'obstacle le plus grand...

Je chéris tendrement ce...
Pour me tirer des mains de...
500   *Son amour, ses devoirs...*   [C ij] 28]
Mais il m'est odieux, avec...

Ôtez donc à vos feux ce...
Méritez les regards que l'on...
Et lorsqu'on vous oblige...
505   *Ne vous obstinez point à...*

Oui, mon sort par ces mots est assez éclairci :
Son cœur comme sa main se fait connaître ici ;
Et les sens imparfaits de cet écrit funeste,
Pour s'expliquer à moi, n'ont pas besoin du reste.
510   Toutefois dans l'abord agissons doucement ;
Couvrons à l'infidèle un vif ressentiment ;
Et de ce que je tiens ne donnant point d'indice,
Confondons son esprit par son propre artifice.

---

80   L'idée d'une moitié de lettre se trouve dans les *Gelosie fortunate...* de
      Cicognini (I, 7).

La voici. Ma raison, renferme mes transports,
515   Et rends-toi pour un temps maîtresse du dehors.

Scène V[81]
DONE ELVIRE, DOM GARCIE

DONE ELVIRE
Vous avez bien voulu que je vous fisse attendre ?

DOM GARCIE
Ah ! qu'elle cache bien !

DONE ELVIRE
                    On vient de nous apprendre
Que le roi votre père approuve vos projets,
Et veut bien que son fils nous rende nos sujets ;
520   Et mon âme en a pris une allégresse extrême.   [29]

DOM GARCIE
Oui, Madame, et mon cœur s'en réjouit de même.
Mais...

DONE ELVIRE
            Le tyran sans doute[82] aura peine à parer
Les foudres que partout il entend murmurer[83] ;
Et j'ose me flatter que le même courage
525   Qui put bien me soustraire à sa brutale rage,
Et dans les murs d'Astorgue, arrachés de ses mains,
Me faire un sûr asile à braver ses desseins,
Pourra, de tout Léon achevant la conquête,

---

81   Nombreux souvenirs de Cicognini, *Le Gelosie fortunate*, I, 9, dans cette scène.
82   Assurément, sans aucun doute.
83   *Murmurer* : gronder, faire du bruit.

Sous ses nobles efforts faire choir cette tête.

DOM GARCIE

530   Le succès[84] en pourra parler dans quelques jours.
Mais de grâce, passons à quelque autre discours.
Puis-je sans trop oser vous prier de me dire
À qui vous avez pris, Madame, soin d'écrire,
Depuis que le destin nous a conduits ici ?

DONE ELVIRE

535   Pourquoi cette demande ? et d'où vient ce souci ?

DOM GARCIE

D'un désir curieux de pure fantaisie.

DONE ELVIRE

La curiosité naît de la jalousie.

DOM GARCIE

Non, ce n'est rien du tout de ce que vous pensez ;
Vos ordres de ce mal me défendent assez.

DONE ELVIRE

540   Sans chercher plus avant quel intérêt vous presse,
J'ai deux fois, à Léon, écrit à la Comtesse,
Et deux fois au marquis Dom Louis, à Burgos[85].
Avec cette réponse êtes-vous en repos ?

DOM GARCIE   [C iij] [30]

Vous n'avez point écrit à quelque autre personne,
545   Madame ?

---

84   L'issue.
85   On se rappelle que Dom Louis a recueilli en Castille le frère d'Elvire,
      Dom Alphonse.

DONE ELVIRE

Non, sans doute[86], et ce discours m'étonne.

DOM GARCIE

De grâce, songez bien avant que d'assurer ;
En manquant de mémoire on peut se parjurer.

DONE ELVIRE

Ma bouche sur ce point ne peut être parjure.

DOM GARCIE

Elle a dit toutefois une haute imposture.

DONE ELVIRE

550   Prince !

DOM GARCIE

        Madame ?

DONE ELVIRE

            Ô Ciel ! quel est ce mouvement[87] ?
Avez-vous, dites-moi, perdu le jugement ?

DOM GARCIE

Oui, oui, je l'ai perdu, lorsque dans votre vue
J'ai pris pour mon malheur le poison qui me tue,
Et que j'ai cru trouver quelque sincérité
555   Dans les traîtres appas dont je fus enchanté[88].

---

86 Sans aucun doute.
87 *Mouvement* : impulsion, excitation. Tout le passage des dix-huit vers qui
    suivent a été repris dans *Le Misanthrope*, en IV, 3, vers 1316-1332.
88 Ensorcelé, pris comme par un charme magique.

DONE ELVIRE

De quelle trahison pouvez-vous donc vous plaindre ?

DOM GARCIE

Ah ! que ce cœur est double, et sait bien l'art de
                              [feindre !
Mais tous moyens de fuir lui vont être soustraits.
Jetez ici les yeux, et connaissez vos traits[89] ;
560   Sans avoir vu le reste, il m'est assez facile
De découvrir pour qui vous employez ce style.

DONE ELVIRE   [31]

Voilà donc le sujet qui vous trouble l'esprit ?

DOM GARCIE

Vous ne rougissez pas en voyant cet écrit ?

DONE ELVIRE

L'innocence à rougir n'est point accoutumée.

DOM GARCIE

565   Il est vrai qu'en ces lieux on la voit opprimée.
Ce billet démenti pour n'avoir point de seing…

DONE ELVIRE

Pourquoi le démentir, puisqu'il est de ma main ?

DOM GARCIE

Encore est-ce beaucoup que, de franchise pure,
Vous demeuriez d'accord que c'est votre écriture.
570   Mais ce sera sans doute[90], et j'en serais garant[91],

---

89   Votre écriture.
90   Assurément. Le propos est d'une ironie grinçante.
91   Je pourrais m'en porter garant.

Un billet qu'on envoie à quelque indifférent ;
Ou du moins, ce qu'il a de tendresse évidente
Sera pour une amie ou pour quelque parente.

DONE ELVIRE

Non, c'est pour un amant que ma main l'a formé,
575   Et j'ajoute de plus, pour un amant aimé.

DOM GARCIE

Et je puis, ô perfide !...

DONE ELVIRE

                    Arrêtez, prince indigne,
De ce lâche[92] transport l'égarement insigne.
Bien que de vous mon cœur ne prenne point de loi,
Et ne doive en ces lieux aucun compte qu'à soi,
580   Je veux bien me purger, pour votre seul supplice,
Du crime que m'impose un insolent caprice[93].
Vous serez éclairci, n'en doutez nullement ;
J'ai ma défense prête en ce même moment.
Vous allez recevoir une pleine lumière ;
585   Mon innocence ici paraîtra tout entière.
Et je veux, vous mettant juge en votre intérêt, [C iij] [32]
Vous faire prononcer vous-même votre arrêt.

DOM GARCIE

Ce sont propos obscurs, qu'on ne saurait comprendre.

DONE ELVIRE

Bientôt à vos dépens vous me pourrez entendre.
590   Élise, holà !

---

92 Vile, indigne d'un noble.
93 Sentiment ou mouvement de folie.

Scène VI[94]
DOM GARCIE, DONE ELVIRE, ÉLISE

ÉLISE

Madame.

DONE ELVIRE

        Observez bien, au moins,
Si j'ose à vous tromper employer quelques soins,
Si par un seul coup d'œil, ou geste qui l'instruise,
Je cherche de ce coup à parer la surprise[95].
Le billet que tantôt ma main avait tracé,
595   Répondez promptement, où l'avez-vous laissé ?

ÉLISE

Madame, j'ai sujet de m'avouer coupable.
Je ne sais comme il est demeuré sur ma table ;
Mais on vient de m'apprendre en ce même moment
Que Dom Lope, venant dans mon appartement,
600   Par une liberté qu'on lui voit se permettre,
A fureté partout et trouvé cette lettre.
Comme il la dépliait, Léonor a voulu
S'en saisir promptement, avant qu'il eût rien lu ;
Et se jetant sur lui, la lettre contestée   [33]
605   En deux justes moitiés en leurs mains est restée ;
Et Dom Lope aussitôt prenant un prompt essor,
A dérobé la sienne aux soins de Léonor.

DONE ELVIRE

Avez-vous ici l'autre ?

---

94 *Cf.* Cicognini, *Le Gelosie…*, I, 10.
95 Après ce vers, Elvire se tourne vers Élise et l'interroge.

ÉLISE

Oui, la voilà, Madame.

DONE ELVIRE

Donnez, nous allons voir qui mérite le blâme[96].
610 Avec votre moitié rassemblez celle-ci.
Lisez, et hautement, je veux l'entendre aussi.

DOM GARCIE

Au prince Dom Garcie. Ah !

DONE ELVIRE

Achevez de lire ;
Votre âme pour ce mot ne doit pas s'interdire[97].

DOM GARCIE, *lit.*

Quoique votre rival, Prince, alarme votre âme,
615 *Vous devez toutefois vous craindre plus que lui ;*
Vous avez en vous à détruire aujourd'hui
L'obstacle le plus grand que trouve votre flamme.

Je chéris tendrement ce qu'a fait Dom Garcie
Pour me tirer des mains de nos fiers[98] ravisseurs ;
620 *Son amour, ses devoirs ont pour moi des douceurs ;*
Mais il m'est odieux avec sa jalousie.

Ôtez donc à vos feux ce qu'ils en font paraître,
Méritez les regards que l'on jette sur eux ;
Et lorsqu'on vous oblige à vous tenir heureux,
625 *Ne vous obstinez point à ne pas vouloir l'être.*

---

96 Elvire s'adresse ensuite à Dom Garcie.
97 Se troubler, perdre contenance.
98 Féroces.

DONE ELVIRE

Eh bien ! que dites-vous ?

DOM GARCIE   [34]

   Ah ! Madame, je dis
Qu'à cet objet mes sens demeurent interdits,
Que je vois dans ma plainte une horrible injustice,
Et qu'il n'est point pour moi d'assez cruel supplice.

DONE ELVIRE

630 Il suffit. Apprenez que si j'ai souhaité
Qu'à vos yeux cet écrit pût être présenté,
C'est pour le démentir, et cent fois me dédire
De tout ce que pour vous vous y venez de lire.
Adieu, prince.

DOM GARCIE

   Madame, hélas ! où fuyez-vous ?

DONE ELVIRE

635 Où vous ne serez point, trop odieux jaloux.

DOM GARCIE

Ah ! Madame, excusez un amant misérable,
Qu'un sort prodigieux a fait vers[99] vous coupable,
Et qui, bien qu'il vous cause un courroux si puissant,
Eût été plus blâmable à rester innocent[100].
640 Car enfin, peut-il être une âme bien atteinte,
Dont l'espoir le plus doux ne soit mêlé de crainte ?

---

99 Envers.

100 Si je ne m'étais pas rendu coupable de ce mouvement de jalousie (si j'étais
  resté innocent), j'aurais montré un amour moins grand et je serais *plus
  blâmable*. Jolie défense qui joue sur le paradoxe.

Et pourriez-vous penser que mon cœur eût aimé,
Si ce billet fatal ne l'eût point alarmé ?
S'il n'avait point frémi des coups de cette foudre,
645   Dont je me figurais tout mon bonheur en poudre ?
Vous-même, dites-moi si cet événement
N'eût pas dans mon erreur jeté tout autre amant !
Si d'une preuve, hélas ! qui me semblait si claire,
Je pouvais démentir…

DONE ELVIRE

Oui, vous le pouviez faire ;
650   Et dans mes sentiments assez bien déclarés
Vos doutes rencontraient des garants assurés ;
Vous n'aviez rien à craindre, et d'autres sur ce gage   [35]
Auraient du monde entier bravé le témoignage.

DOM GARCIE

Moins on mérite un bien qu'on nous fait espérer[101],
655   Plus notre âme a de peine à pouvoir s'assurer ;
Un sort trop plein de gloire à nos yeux est fragile
Et nous laisse aux soupçons une pente facile.
Pour moi qui crois si peu mériter vos bontés,
J'ai douté du bonheur de mes témérités[102] ;
660   J'ai cru que dans ces lieux rangés sous ma puissance
Votre âme se forçait à quelque complaisance,
Que déguisant pour moi votre sévérité…

DONE ELVIRE

Et je pourrais descendre à cette lâcheté !

---

101 On retrouve les vers 654-659 à peu près textuellement repris dans le
     Tartuffe (IV, 5, vers 1459-1464).
102 Je n'ai pu être sûr que mon amour téméraire fût vraiment payé de retour
     par vous.

Moi, prendre le parti d'une honteuse feinte,
665 Agir par les motifs d'une servile crainte,
Trahir mes sentiments, et, pour être en vos mains[103],
D'un masque de faveur vous couvrir mes dédains !
La gloire sur mon cœur aurait si peu d'empire !
Vous pouvez le penser, et vous me l'osez dire ?
670 Apprenez que ce cœur ne sait point s'abaisser,
Qu'il n'est rien sous les cieux qui puisse l'y forcer ;
Et s'il vous a fait voir, par une erreur insigne,
Des marques de bonté, dont vous n'étiez pas digne,
Qu'il saura bien montrer, malgré votre pouvoir,
675 La haine que pour vous il se résout d'avoir,
Braver votre furie, et vous faire connaître
Qu'il n'a point été lâche, et ne veut jamais l'être.

DOM GARCIE

Eh bien ! je suis coupable, et ne m'en défends pas,
Mais je demande grâce à vos divins appas[104] ;
680 Je la demande au nom de la plus vive flamme   [36]
Dont jamais deux beaux yeux aient fait brûler une
[âme.
Que si votre courroux ne peut être apaisé,
Si mon crime est trop grand pour se voir excusé,
Si vous ne regardez ni l'amour qui le cause,
685 Ni le vif repentir que mon cœur vous expose,
Il faut qu'un coup heureux, en me faisant mourir,
M'arrache à des tourments que je ne puis souffrir.
Non, ne présumez pas qu'ayant su vous déplaire,
Je puisse vivre une heure avec votre colère.
690 Déjà de ce moment la barbare longueur

---

103 Parce que je me vois entre vos mains.
104 Les vers 679-729 ont été réemployés, mis en vers mêlés, par Molière
dans *Amphitryon*, II, 6, vers 1359-1421.

Sous ses cuisants remords fait succomber mon cœur,
Et de mille vautours les blessures cruelles
N'ont rien de comparable à ses douleurs mortelles.
Madame, vous n'avez qu'à me le déclarer,
695 S'il n'est point de pardon que je doive espérer,
Cette épée aussitôt, par un coup favorable,
Va percer à vos yeux le cœur d'un misérable ;
Ce cœur, ce traître cœur, dont les perplexités
Ont si fort outragé vos extrêmes bontés.
700 Trop heureux en mourant, si ce coup légitime
Efface en votre esprit l'image de mon crime
Et ne laisse aucuns[105] traits de votre aversion
Au faible souvenir de mon affection.
C'est l'unique faveur que demande ma flamme.

DONE ELVIRE

705 Ah ! Prince trop cruel.

DOM GARCIE
                  Dites, parlez, Madame !

DONE ELVIRE

Faut-il encor pour vous conserver des bontés,
Et vous voir m'outrager par tant d'indignités ?

DOM GARCIE

Un cœur ne peut jamais outrager quand il aime,
Et ce que fait l'amour, il l'excuse lui-même.

DONE ELVIRE   [37]

710 L'amour n'excuse point de tels emportements.

---

105 Au XVIIe siècle, l'adjectif indéfini *aucun* peut s'employer au pluriel, avec
valeur négative ici.

DOM GARCIE

Tout ce qu'il a d'ardeur passe en ses mouvements,
Et plus il devient fort, plus il trouve de peine...

DONE ELVIRE

Non, ne m'en parlez point, vous méritez ma haine.

DOM GARCIE

Vous me haïssez donc ?

DONE ELVIRE

J'y veux tacher au moins ;
715   Mais, hélas ! je crains bien que j'y perde mes soins,
Et que tout le courroux qu'excite votre offense
Ne puisse jusque-là faire aller ma vengeance.

DOM GARCIE

D'un supplice si grand ne tentez point l'effort,
Puisque pour vous venger je vous offre ma mort ;
720   Prononcez-en l'arrêt, et j'obéis sur l'heure.

DONE ELVIRE

Qui ne saurait haïr ne peut vouloir qu'on meure.

DOM GARCIE

Et moi, je ne puis vivre, à moins que vos bontés
Accordent un pardon à mes témérités.
Résolvez l'un des deux, de punir ou d'absoudre !

DONE ELVIRE

725   Hélas ! j'ai trop fait voir ce que je puis résoudre.
Par l'aveu d'un pardon n'est-ce pas se trahir,
Que dire au criminel qu'on ne le peut haïr ?

DOM GARCIE

Ah ! c'en est trop ! souffrez, adorable princesse…

DONE ELVIRE

Laissez, je me veux mal d'une telle faiblesse[106].

DOM GARCIE

730   Enfin, je suis…

Scène VII   [38]
DOM LOPE, DOM GARCIE

DOM LOPE

Seigneur, je viens vous informer
D'un secret dont vos feux ont droit de s'alarmer.

DOM GARCIE

Ne me viens point parler de secret ni d'alarme
Dans les doux mouvements du transport qui me
[charme.
Après ce qu'à mes yeux on vient de présenter,
735   Il n'est point de soupçons que je doive écouter ;
Et d'un divin objet la bonté sans pareille,
À tous ces vains rapports doit fermer mon oreille.
Ne m'en fais plus !

DOM LOPE

Seigneur, je veux ce qu'il vous
[plaît ;
Mes soins en tout ceci n'ont que votre intérêt.

---

106 *Cf.* le vers 1411 du *Misanthrope* : « Je suis sotte, et veux mal à ma
simplicité ».

740   J'ai cru que le secret que je viens de surprendre
       Méritait bien qu'en hâte on vous le vînt apprendre.
       Mais puisque vous voulez que je n'en touche rien,
       Je vous dirai, Seigneur, pour changer d'entretien,
       Que déjà dans Léon on voit chaque famille
745   Lever le masque au bruit des troupes de Castille,
       Et que surtout le peuple y fait pour son vrai roi
       Un éclat[107] à donner au tyran de l'effroi.

                    DOM GARCIE
       La Castille du moins n'aura pas la victoire,
       Sans que nous essayions d'en partager la gloire ;
750   Et nos troupes aussi peuvent être en état   [39]
       D'imprimer quelque crainte au cœur de Mauregat.
       Mais quel est ce secret dont tu voulais m'instruire ?
       Voyons un peu.

                        DOM LOPE
                    Seigneur, je n'ai rien à vous dire.

                    DOM GARCIE
       Va, va, parle, mon cœur t'en donne le pouvoir.

                        DOM LOPE
755   Vos paroles, Seigneur, m'en ont trop fait savoir ;
       Et puisque mes avis ont de quoi vous déplaire,
       Je saurai désormais trouver l'art de me taire.

                    DOM GARCIE
       Enfin, je veux savoir la chose absolument.

_____

107 *Éclat* : manifestation retentissante.

DOM LOPE

Je ne réplique point à ce commandement.

760 Mais, Seigneur, en ce lieu le devoir de mon zèle
Trahirait le secret d'une telle nouvelle.
Sortons pour vous l'apprendre, et sans rien
                              [embrasser[108],
Vous-même vous verrez ce qu'on en doit penser.

Fin du second acte.

ACTE III   [40]

Scène PREMIÈRE
DONE ELVIRE, ÉLISE

DONE ELVIRE

Élise, que dis-tu de l'étrange faiblesse[109]

765 Que vient de témoigner le cœur d'une princesse ?
Que dis-tu de me voir tomber si promptement
De toute la chaleur de mon ressentiment[110],
Et malgré tant d'éclat relâcher mon courage
Au pardon trop honteux d'un si cruel outrage ?

ÉLISE

770 Moi, je dis que d'un cœur que nous pouvons chérir
Une injure sans doute est bien dure à souffrir ;
Mais que s'il n'en est point qui davantage irrite,

---

108 Sans vous faire à l'avance une opinion, sans prendre parti.
109 De la faiblesse anormale.
110 Comprendre : que dis-tu de me voir renoncer au sentiment enflammé
de vengeance qu'avait provoqué la jalousie insultante à mon égard de
Dom Garcie ?

Il n'en est point aussi qu'on pardonne si vite,
Et qu'un coupable aimé triomphe à nos genoux
775   De tous les prompts transports du plus bouillant
                                        [courroux,
D'autant plus aisément, Madame, quand l'offense
Dans un excès d'amour peut trouver sa naissance.
Ainsi quelque dépit que l'on vous ait causé,
Je ne m'étonne point de le voir apaisé ;
780   Et je sais quel pouvoir, malgré votre menace,   [41]
À de pareils forfaits donnera toujours grâce.

DONE ELVIRE

Ah ! sache, quelque ardeur qui m'impose des lois,
Que mon front a rougi pour la dernière fois,
Et que si désormais on pousse ma colère,
785   Il n'est point de retour qu'il faille qu'on espère.
Quand je pourrais reprendre un tendre sentiment,
C'est assez contre lui que l'éclat d'un serment[111] ;
Car enfin un esprit qu'un peu d'orgueil inspire
Trouve beaucoup de honte à se pouvoir dédire,
790   Et souvent, aux dépens[112] d'un pénible combat,
Fait sur ses propres vœux un illustre attentat[113],
S'obstine par honneur, et n'a rien qu'il n'immole
À la noble fierté de tenir sa parole.
Ainsi dans le pardon que l'on vient d'obtenir,
795   Ne prends point de clartés pour régler l'avenir ;
Et quoi qu'à mes destins la Fortune prépare,

---

111   Comprendre : même si je reprenais de l'amour pour Dom Garcie, reste
      contre lui ce serment que j'ai prononcé solennellement et publiquement.
112   Aux frais de, au prix de.
113   Imitation d'un vers de Corneille dans *Don Sanche d'Aragon* (dont le genre
      a inspiré Molière) : « Et fais dessus moi-même un illustre attentat » (I,
      2, v. 95).

Crois que je ne puis être au prince de Navarre,
Que[114] de ces noirs accès qui troublent sa raison
Il n'ait fait éclater l'entière guérison,
800   Et réduit tout mon cœur que ce mal persécute
À n'en plus redouter l'affront d'une rechute.

ÉLISE
Mais quel affront nous fait le transport d'un jaloux ?

DONE ELVIRE
En est-il un qui soit plus digne de courroux ?
Et puisque notre cœur fait un effort extrême[115]
805   Lorsqu'il se peut résoudre à confesser qu'il aime,
Puisque l'honneur du sexe en tout temps rigoureux,
Oppose un fort obstacle à de pareils aveux,
L'amant qui voit pour lui franchir un tel obstacle
Doit-il impunément douter de cet oracle ?
810   Et n'est-il pas coupable, alors qu'il ne croit pas
Ce qu'on ne dit jamais qu'après de grands combats ?

ÉLISE   [D] [42]
Moi, je tiens que toujours un peu de défiance
En ces occasions n'a rien qui nous offense,
Et qu'il est dangereux qu'un cœur qu'on a charmé,
815   Soit trop persuadé, Madame, d'être aimé,
Si...

DONE ELVIRE
N'en disputons plus, chacun a sa pensée.

---

114 C'est la conjonction *que* dite de restriction (pour « avant que », « sans que », « à moins que »).
115 Les vers 804-811, seront réutilisés par Célimène dans *Le Misanthrope* (IV, 3, vers 1401-1408).

C'est un scrupule[116], enfin, dont mon âme est blessée ;
Et contre mes désirs, je sens je ne sais quoi
Me prédire un éclat entre le Prince et moi,
820   Qui malgré ce qu'on doit aux vertus dont il brille...
Mais, ô Ciel, en ces lieux Dom Sylve de Castille !
Ah ! Seigneur, par quel sort vous vois-je maintenant ?

Scène II
DOM SYLVE, DONE ÉLISE, ELVIRE

DOM SYLVE
Je sais que mon abord[117], Madame, est surprenant,
Et qu'être sans éclat entré dans cette ville,
825   Dont l'ordre d'un rival[118] rend l'accès difficile,
Qu'avoir pu me soustraire aux yeux de ses soldats,
C'est un événement que vous n'attendiez pas.
Mais si j'ai dans ces lieux franchi quelques obstacles,
L'ardeur de vous revoir peut bien d'autres miracles.
830   Tout mon cœur a senti par de trop rudes coups
Le rigoureux destin d'être éloigné de vous ;
Et je n'ai pu nier[119] au tourment qui le tue   [43]
Quelques moments secrets d'une si chère vue.
Je viens vous dire donc que je rends grâce aux Cieux
835   De vous voir hors des mains d'un tyran odieux.
Mais parmi les douceurs d'une telle aventure[120],
Ce qui m'est un sujet d'éternelle torture,

---

116 Il s'agit de l'appréhension que manifeste le jaloux Dom Garcie de n'être
       point aimé.
117 Mon arrivée.
118 Dom Garcie, qui est maître d'Astorgue après la conquête de cette ville
       et qui a sauvé Elvire.
119 Refuser.
120 *Aventure* : ce qui arrive.

C'est de voir qu'à mon bras les rigueurs de mon sort
Ont envié[121] l'honneur de cet illustre effort,
840 Et fait à mon rival, avec trop d'injustice,
Offrir les doux périls d'un si fameux service.
Oui, Madame, j'avais pour rompre vos liens
Des sentiments sans doute aussi beaux que les siens ;
Et je pouvais pour vous gagner cette victoire,
845 Si le Ciel n'eût voulu m'en dérober la gloire.

DONE ELVIRE

Je sais, Seigneur, je sais que vous avez un cœur[122]
Qui des plus grands périls vous peut rendre
                                   [vainqueur ;
Et je ne doute point que ce généreux zèle,
Dont la chaleur vous pousse à venger ma querelle[123],
850 N'eût contre les efforts d'un indigne projet
Pu faire en ma faveur tout ce qu'un autre a fait.
Mais, sans cette action dont vous étiez capable,
Mon sort à la Castille est assez redevable ;
On sait ce qu'en ami, plein d'ardeur et de foi,
855 Le Comte votre père a fait pour le feu roi.
Après l'avoir aidé jusqu'à l'heure dernière[124],
Il donne en ses États un asile à mon frère.
Quatre lustres[125] entiers il y cache son sort
Aux barbares fureurs de quelque lâche effort ;
860 Et pour rendre à son front l'éclat d'une couronne,
Contre nos ravisseurs vous marchez en personne.

---

121 *Envier* : ne pas accorder, refuser.
122 Courage.
123 Défendre ma cause, mes intérêts.
124 Jusqu'à sa dernière heure, jusqu'à sa mort.
125 Rappelons qu'un *lustre* est une période de cinq ans.

N'êtes-vous pas content[126], et ces soins généreux
Ne m'attachent-ils point par d'assez puissants
[nœuds ?
Quoi, votre âme, Seigneur, serait-elle obstinée [D ij] [44]
865   À vouloir asservir toute ma destinée ?
Et faut-il que jamais il ne tombe sur nous
L'ombre d'un seul bienfait qu[127]'il ne vienne de vous ?
Ah ! souffrez, dans les maux où mon destin m'expose,
Qu'aux soins d'un autre aussi je doive quelque chose ;
870   Et ne vous plaignez point de voir un autre bras
Acquérir de la gloire où le vôtre n'est pas.

DOM SYLVE

Oui, Madame, mon cœur doit cesser de s'en plaindre :
Avec trop de raison vous voulez m'y contraindre ;
Et c'est injustement qu'on se plaint d'un malheur,
875   Quand un autre plus grand s'offre à notre douleur.
Ce secours d'un rival m'est un cruel martyre ;
Mais hélas ! de mes maux ce n'est pas là le pire :
Le coup, le rude coup dont je suis atterré,
C'est de me voir par vous ce rival préféré.
880   Oui, je ne vois que trop que ses feux pleins de gloire,
Sur les miens dans votre âme emportent la victoire ;
Et cette occasion de servir vos appas,
Cet avantage offert de signaler son bras,
Cet éclatant exploit qui vous fut salutaire,
885   N'est que le pur effet du bonheur de vous plaire,
Que le secret pouvoir d'un astre merveilleux,
Qui fait tomber la gloire où s'attachent vos vœux.
Ainsi tous mes efforts ne seront que fumée.

---

126 *Content* : contenté, satisfait dans ses vœux.
127 Pour ce *que*, voir au vers 798.

Contre vos fiers[128] tyrans je conduis une armée.

890 Mais je marche en tremblant à cet illustre emploi,
Assuré que vos vœux ne seront pas pour moi,
Et que s'ils sont suivis, la Fortune prépare
L'heur des plus beaux succès aux soins de la
[Navarre[129].

Ah ! Madame, faut-il me voir précipité   [45]
895 De l'espoir glorieux dont je m'étais flatté ?
Et ne puis-je savoir quels crimes on m'impute,
Pour avoir mérité cette effroyable chute ?

DONE ELVIRE

Ne me demandez rien avant que[130] regarder
Ce qu'à mes sentiments vous devez demander ;
900 Et sur cette froideur qui semble vous confondre[131],
Répondez-vous[132], Seigneur, ce que je puis répondre.
Car enfin tous vos soins ne sauraient ignorer
Quels secrets de votre âme on m'a su déclarer,
Et je la crois, cette âme, et trop noble et trop haute,
905 Pour vouloir m'obliger à commettre une faute.
Vous-même, dites-vous s'il est de l'équité[133]
De me voir couronner une infidélité,
Si vous pouviez m'offrir, sans beaucoup d'injustice,
Un cœur à d'autres yeux offert en sacrifice,
910 Vous plaindre avec raison et blâmer mes refus,

128 Voir au vers 619.
129 C'est-à-dire aux efforts et au zèle de Dom Garcie de Navarre.
130 Au XVIIᵉ siècle, *avant que* + *infinitif* est une des constructions possibles
de l'infinitif prépositionnel.
131 *Confondre* : déconcerter, troubler.
132 Répondez-vous à vous-même, faites la réponse que je peux faire.
133 Demandez-vous vous-même s'il est juste.

Lorsqu'ils veulent d'un crime affranchir vos vertus[134].
Oui, Seigneur, c'est un crime ; et les premières
[flammes
Ont des droits si sacrés sur les illustres âmes,
Qu'il faut perdre grandeurs et renoncer au jour,
915   Plutôt que de pencher vers un second amour[135].
J'ai pour vous cette ardeur que peut prendre l'estime
Pour un courage haut, pour un cœur magnanime ;
Mais n'exigez de moi que ce que je vous dois,
Et soutenez l'honneur de votre premier choix.
920   Malgré vos feux nouveaux, voyez quelle tendresse
Vous conserve le cœur de l'aimable[136] Comtesse ;
Ce que pour un ingrat (car vous l'êtes, Seigneur)
Elle a d'un choix constant refusé de bonheur,
Quel mépris généreux, dans son ardeur extrême,
925   Elle a fait de l'éclat que donne un diadème ;
Voyez combien d'efforts pour vous elle a
[bravés[137], [D iij] [46]
Et rendez à son cœur ce que vous lui devez.

DOM SYLVE

Ah ! Madame, à mes yeux n'offrez point son mérite :
Il n'est que trop présent à l'ingrat qui la quitte ;
930   Et si mon cœur vous dit ce que pour elle il sent,
J'ai peur qu'il ne soit pas envers vous innocent.

---

134 Les refus d'Elvire évitent à Dom Sylve une faute grave (*crime*), l'en
affranchissent.
135 Cette « maxime d'amour » sera débitée, à peine changée, par Armande
dans *Les Femmes savantes* (IV, 2, vers 1171-1172).
136 *Aimable* : digne d'être aimée.
137 Par un choix volontaire et maintenu, la comtesse Ignès a méprisé et
refusé toute autre proposition, tout autre amour, fuyant le bonheur d'être
aimée et en particulier d'être mariée à un roi (l'usurpateur Mauregat)
qui l'a courtisée avec violence.

Oui, ce cœur l'ose plaindre, et ne suit pas sans peine
L'impérieux effort[138] de l'amour qui l'entraîne.
Aucun espoir pour vous n'a flatté mes désirs,
935   Qui ne m'ait arraché pour elle des soupirs,
Qui n'ait dans ses douceurs fait jeter à mon âme
Quelques tristes regards vers sa première flamme,
Se reprocher l'effet de vos divins attraits,
Et mêler des remords à mes plus chers souhaits.
940   J'ai fait plus que cela, puisqu'il vous faut tout dire :
Oui, j'ai voulu sur moi vous ôter votre empire,
Sortir de votre chaîne, et rejeter mon cœur
Sous le joug innocent de son premier vainqueur[139].
Mais après mes efforts, ma constance abattue
945   Voit un cours nécessaire à ce mal qui me tue ;
Et dût être mon sort à jamais malheureux,
Je ne puis renoncer à l'espoir de mes vœux ;
Je ne saurais souffrir[140] l'épouvantable idée
De vous voir par un autre à mes yeux possédée ;
950   Et le flambeau du jour[141], qui m'offre vos appas,
Doit avant cet hymen éclairer mon trépas.
Je sais que je trahis une princesse aimable ;
Mais, Madame, après tout mon cœur est-il coupable ?
Et le fort ascendant que prend votre beauté
955   Laisse-t-il aux esprits aucune liberté ?
Hélas ! je suis ici bien plus à plaindre qu'elle :
Son cœur, en me perdant, ne perd qu'un infidèle ;

---

138 La violence.
139 Cette longue déclaration de ses sentiments profonds sera fort utile
   au dénouement, quand Dom Sylve reconnu pour être Dom Alphonse
   mariera Elvire, reconnue comme sa sœur, à Dom Garcie et reviendra
   naturellement à Ignès.
140 Supporter.
141 Le soleil, évidemment.

D'un pareil déplaisir on se peut consoler ;   [47]
Mais moi, par un malheur qui ne peut s'égaler,
960   J'ai celui de quitter une aimable personne,
Et tous les maux encor que mon amour me donne.

DONE ELVIRE
Vous n'avez que les maux que vous voulez avoir,
Et toujours notre cœur est en notre pouvoir ;
Il peut bien quelquefois montrer quelque faiblesse,
965   Mais enfin, sur nos sens, la raison, la maîtresse...

Scène III
DOM GARCIE, DONE ELVIRE, DOM SYLVE

DOM GARCIE
Madame, mon abord[142], comme je connais bien,
Assez mal à propos trouble votre entretien ;
Et mes pas en ce lieu, s'il faut que je le die[143],
Ne croyaient pas trouver si bonne compagnie.

DONE ELVIRE
970   Cette vue, en effet, surprend au dernier point,
Et de même que vous, je ne l'attendais point.

DOM GARCIE
Oui, Madame, je crois que de cette visite,
Comme vous l'assurez, vous n'étiez point instruite.
Mais, Seigneur[144], vous deviez nous faire au moins
                                        [l'honneur

---

142 Voir au vers 823.
143 Forme du subjonctif *dise*.
144 Il s'adresse dès lors à Dom Sylve.

975   De nous donner avis de ce rare bonheur,
Et nous mettre en état, sans nous vouloir
                      [surprendre, [48]
De vous rendre en ces lieux ce qu'on voudrait vous
                      [rendre.

DOM SYLVE

Les héroïques soins[145] vous occupent si fort,
Que de vous en tirer, Seigneur, j'aurais eu tort ;
980   Et des grands conquérants les sublimes pensées
Sont aux civilités avec peine abaissées.

DOM GARCIE

Mais les grands conquérants, dont on vante les soins,
Loin d'aimer le secret, affectent[146] les témoins.
Leur âme dès l'enfance à la gloire élevée,
985   Les fait dans leurs projets aller tête levée,
Et s'appuyant toujours sur des hauts sentiments,
Ne s'abaisse jamais à des déguisements.
Ne commettez-vous[147] point vos vertus héroïques
En passant dans ces lieux par des sourdes pratiques ?
990   Et ne craignez-vous point qu'on puisse aux yeux
                      [de tous
Trouver cette action trop indigne de vous ?

DOM SYLVE

Je ne sais si quelqu'un blâmera ma conduite,
Du secret que j'ai fait d'une telle visite ;
Mais je sais qu'aux projets qui veulent la clarté,
995   Prince, je n'ai jamais cherché l'obscurité.

---

145 Tâches.
146 *Affecter* : désirer, rechercher vivement.
147 N'exposez-vous, ne mettez-vous point en danger.

Et quand j'aurai sur vous à faire une entreprise[148],
Vous n'aurez pas sujet de blâmer la surprise ;
Il ne tiendra qu'à vous de vous en garantir,
Et l'on prendra le soin de vous en avertir.
1000 Cependant demeurons aux termes ordinaires,
Remettons nos débats après d'autres affaires ;
Et d'un sang un peu chaud réprimant les bouillons,
N'oublions pas tous deux devant qui nous parlons.

DONE ELVIRE   [49]
Prince[149], vous avez tort, et sa visite est telle
1005 Que vous...

DOM GARCIE
Ah ! c'en est trop que prendre sa querelle[150],
Madame, et votre esprit devrait feindre un peu
                                        [mieux,
Lorsqu'il veut ignorer sa venue ces lieux.
Cette chaleur si prompte à vouloir la défendre
Persuade assez mal qu'elle ait pu vous surprendre.

DONE ELVIRE
1010 Quoi que vous soupçonniez, il m'importe si peu,
Que j'aurais du regret d'en faire un désaveu.

DOM GARCIE
Poussez donc jusqu'au bout cet orgueil héroïque,
Et que sans hésiter votre cœur s'explique ;
C'est au déguisement donner trop de crédit.
1015 Ne désavouez rien, puisque vous l'avez dit.

---

148 Une attaque.
149 Elle s'adresse à Dom Garcie.
150 Défendre sa cause.

Trancher, tranchez le mot[151], forcez toute contrainte,
Dites que de ses feux vous ressentez l'atteinte,
Que pour vous sa présence a des charmes si doux…

DONE ELVIRE

Et si je veux l'aimer, m'en empêcherez-vous ?
1020 Avez-vous sur mon cœur quelque empire[152] à
                                      [prétendre ?
Et pour régler mes vœux ai-je votre ordre à prendre ?
Sachez que trop d'orgueil a pu vous décevoir[153],
Si votre cœur sur moi s'est cru quelque pouvoir ;
Et que mes sentiments sont d'une âme trop grande
1025 Pour vouloir les cacher, lorsqu'on me les demande.
Je ne vous dirai point si le Comte est aimé ;
Mais apprenez de moi qu'il est fort estimé,
Que ses hautes vertus, pour qui je m'intéresse[154], [E] [50]
Méritent mieux que vous les vœux d'une princesse,
1030 Que je garde aux ardeurs, aux soins qu'il me fait voir
Tout le ressentiment[155] qu'une âme puisse avoir,
Et que si des destins la fatale puissance
M'ôte la liberté d'être sa récompense,
Au moins est-il en moi de promettre à ses vœux
1035 Qu'on ne me verra point le butin de vos feux.
Et sans vous amuser[156] d'une attente frivole,
C'est à quoi je m'engage, et je tiendrai parole.
Voilà mon cœur ouvert, puisque vous le voulez,
Et mes vrais sentiments à vos yeux étalés.

---

151 *Trancher le mot* : en oser l'emploi, s'exprimer franchement.
152 *Empire* : autorité absolue, puissance.
153 Tromper.
154 Voir au vers 201.
155 Le sentiment en retour (*ressentiment*) est ici la reconnaissance.
156 *Amuser* : tromper en faisant patienter.

1040   Êtes-vous satisfait, et mon âme attaquée
       S'est-elle à votre avis assez bien expliquée ?
       Voyez, pour vous ôter tout lieu de soupçonner,
       S'il reste quelque jour[157] encore à vous donner.
       Cependant, si vos soins s'attachent à me plaire,
1045   Songez que votre bras, Comte[158], m'est nécessaire,
       Et d'un capricieux[159] quels que soient les transports,
       Qu'à punir nos tyrans il doit tous ses efforts.
       Fermez l'oreille, enfin, à toute sa furie,
       Et pour vous y porter, c'est moi qui vous en prie.

Scène IV

DOM GARCIE, DOM SYLVE

DOM GARCIE

1050   Tout vous rit, et votre âme en cette occasion
       Jouit superbement de ma confusion[160].
       Il vous est doux de voir un aveu plein de gloire
       Sur les feux d'un rival marquer votre victoire ;
       Mais c'est à votre joie un surcroît sans égal,   [51]
1055   D'en avoir pour témoins les yeux de ce rival ;
       Et mes prétentions hautement étouffées
       À vos vœux triomphants sont d'illustres trophées.
       Goûtez à pleins transports ce bonheur éclatant ;
       Mais sachez qu'on n'est pas encore où l'on prétend.
1060   La fureur qui m'anime a de trop justes causes,
       Et l'on verra peut-être arriver bien des choses.

---

157 Lumière.
158 C'est à Dom Sylve qu'elle s'adresse pour finir.
159 Fou.
160 Valeur stylistique des diérèses à la rime. *Superbement* : avec superbe, avec
     orgueil.

Un désespoir va loin quand il est échappé[161],
Et tout est pardonnable à qui se voit trompé.
Si l'ingrate à mes yeux, pour flatter votre flamme,
1065 À jamais n'être à moi vient d'engager son âme,
Je saurais bien trouver dans mon juste courroux
Les moyens d'empêcher qu'elle ne soit à vous.

DOM SYLVE

Cet obstacle n'est pas ce qui me met en peine ;
Nous verrons quelle attente en tout cas sera vaine,
1070 Et chacun, de ses feux, pourra par sa valeur,
Ou défendre la gloire, ou venger le malheur[162].
Mais comme entre rivaux, l'âme la plus posée
À des termes d'aigreur trouve une pente aisée,
Et que je ne veux point qu'un pareil entretien
1075 Puisse trop échauffer votre esprit et le mien[163],
Prince, affranchissez-moi d'une gêne[164] secrète,
Et me donnez moyen de faire ma retraite.

DOM GARCIE

Non, non, ne craignez point qu'on pousse votre esprit
À violer ici l'ordre qu'on vous prescrit[165].
1080 Quelque juste fureur qui me presse et vous flatte[166],
Je sais, Comte, je sais quand il faut qu'elle éclate.

---

161 Quand il est libre de toute norme.
162 Comprendre : chacun des deux rivaux (chacun de nous deux) pourra,
    selon le résultat de l'attente, ou défendre sa gloire d'être l'élu d'Elvire,
    ou venger son malheur, en utilisant sa vaillance. La violence est allée
    croissante entre les deux hommes ; et un duel semble l'issue infaillible.
163 Souvenir de ces vers dans la dernière réplique d'Arsinoé à Célimène,
    toujours dans *Le Misanthrope* (IV, 4, vers 1027-1028).
164 Torture.
165 L'ordre donné par Elvire, *supra*, vers 1045-1049.
166 Qui vous fait plaisir. Car si Dom Garcie est furieux, c'est parce qu'il
    croit Dom Sylve préféré par Elvire.

Ces lieux vous sont ouverts ; oui, sortez-en, sortez
Glorieux des douceurs que vous en remportez ;
Mais encore une fois, apprenez que ma tête   [E ij] [52]
1085   Peut seule dans vos mains mettre votre conquête.

DOM SYLVE

Quand nous en serons là, le sort en notre bras[167]
De tous nos intérêts videra le débat.

Fin du troisième acte.

ACTE IV   [53]

Scène PREMIÈRE
DONE ELVIRE, DOM ALVAR

DONE ELVIRE

Retournez, Dom Alvar, et perdez l'espérance
De me persuader l'oubli de cette offense ;
1090   Cette plaie en mon cœur ne saurait se guérir,
Et les soins qu'on en prend ne font rien que l'aigrir.
À quelques faux respects croit-il que je défère ?
Non, non, il a poussé trop avant ma colère ;
Et son vain repentir, qui porte ici vos pas,
1095   Sollicite un pardon que vous n'obtiendrez pas.

DOM ALVAR

Madame, il fait pitié. Jamais cœur, que je pense[168],

---

167 Comprendre probablement : le sort se servira de nos bras, de notre
    vaillance, après les combats contre l'usurpateur, dans un duel entre
    nous deux, pour nous départager.
168 Selon ce que je pense.

Par un plus vif remords n'expia son offense ;
Et si dans sa douleur vous le considériez,
Il toucherait votre âme et vous l'excuseriez.
1100   On sait bien que le Prince est dans un âge à suivre
Les premiers mouvements où son âme se livre,
Et qu'en un sang bouillant toutes les passions
Ne laissent guère place à des réflexions[169].
Dom Lope, prévenu d'une fausse lumière[170],   [E ij] [54]
1105   De l'erreur de son maître a fourni la matière.
Un bruit assez confus, dont le zèle indiscret[171],
A de l'abord[172] du Comte éventé le secret,
Vous avait mise aussi de cette intelligence,
Qui dans ces lieux gardés a donné sa présence[173] ;
1110   Le Prince a cru l'avis, et son amour séduit[174],
Sur une fausse alarme a fait tout ce grand bruit.
Mais d'une telle erreur son âme est revenue ;
Votre innocence enfin lui vient d'être connue,
Et Dom Lope, qu'il chasse, est un visible effet
1115   Du vif remords qu'il sent de l'éclat qu'il a fait.

DONE ELVIRE

Ah ! c'est trop promptement qu'il croit mon
                                    [innocence,
Il n'en a pas encore une entière assurance ;
Dites-lui, dites-lui qu'il doit bien tout peser,
Et ne se hâter point, de peur de s'abuser.

---

169 Diérèses à la rime.
170 D'un renseignement, d'une explication erronée.
171 *Indiscret* : qui manque de jugement, de discernement.
172 L'arrivée.
173 La rumeur a laissé entendre qu'Elvire était du complot (*intelligence*) qui
    aboutit à la venue de Dom Sylve à Astorgue et auprès d'elle.
174 Trompé.

DOM ALVAR

1120   Madame, il sait trop bien…

DONE ELVIRE

Mais, Dom Alvar, de grâce,
N'étendons pas plus loin un discours qui me lasse :
Il réveille un chagrin qui vient à contretemps
En troubler dans mon cœur d'autres plus importants.
Oui, d'un trop grand malheur la surprise me presse,
1125   Et le bruit du trépas de l'illustre Comtesse
Doit s'emparer si bien de tout mon déplaisir
Qu'aucun autre souci n'a droit de me saisir.

DOM ALVAR

Madame, ce peut être une fausse nouvelle ;
Mais mon retour au Prince en porte une cruelle.

DONE ELVIRE

1130   De quelque grand ennui[175] qu'il puisse être agité,
Il en aura toujours moins qu'il n'a mérité.

Scène II   [55]
DONE ELVIRE, ÉLISE

ÉLISE

J'attendais qu'il sortît, Madame, pour vous dire
Ce qui veut maintenant que votre âme respire,
Puisque votre chagrin, dans un moment d'ici,
1135   Du sort de Done Ignès peut se voir éclairci.
Un inconnu qui vient pour cette confidence,
Vous fait par un des siens demander audience.

_____

175 *Ennui* : sens fort de « tourment ».

DONE ELVIRE

Élise, il faut le voir ; qu'il vienne promptement.

ÉLISE

Mais il veut n'être vu que de vous seulement ;
1140 Et par cet envoyé, Madame, il sollicite
Qu'il puisse sans témoins vous rendre sa visite.

DONE ELVIRE

Eh bien ! nous serons seuls, et je vais l'ordonner,
Tandis que tu prendras le soin de l'amener.
Que mon impatience en ce moment est forte !
1145 Ô destins ! est-ce joie ou douleur qu'on m'apporte ?

Scène III   [E iiij] [56]
DOM PÈDRE, ÉLISE

ÉLISE

Où… ?

DOM PÈDRE

Si vous me cherchez, Madame, me voici.

ÉLISE

En quel lieu votre maître… ?

DOM PÈDRE

                                          Il est proche d'ici,
Le ferai-je venir ?

ÉLISE

                                Dites-lui qu'il s'avance,
Assuré qu'on l'attend avec impatience,

1150   Et qu'il ne se verra d'aucuns yeux éclairé[176].
       Je ne sais quel secret en doit être auguré ;
       Tant de précautions qu'il affecte de prendre…
       Mais le voici déjà.

Scène IV   [57]
DONE IGNÈS, ÉLISE

ÉLISE

          Seigneur, pour vous attendre
On a fait… Mais que vois-je ? Ah ! Madame, mes
                              [yeux…

DONE IGNÈS, en habit de cavalier.

1155   Ne me découvrez point, Élise, dans ces lieux,
       Et laissez respirer ma triste destinée
       Sous une feinte mort que je me suis donnée.
       C'est elle qui m'arrache à tous mes fiers[177] tyrans,
       Car je puis sous ce nom comprendre mes parents.
1160   J'ai par elle évité cet hymen redoutable,
       Pour qui j'aurais souffert une mort véritable ;
       Et sous cet équipage et le bruit de ma mort,
       Il faut cacher à tous le secret de mon sort,
       Pour me voir à l'abri de l'injuste poursuite
1165   Qui pourrait dans ces lieux persécuter ma fuite.

ÉLISE

       Ma surprise en public eût trahi vos désirs.
       Mais allez là-dedans étouffer des soupirs,

---

176 Surveillé, épié. – Après ce vers, Élise est un court instant seule sur la
   scène.
177 Féroces.

Et des charmants transports d'une pleine allégresse
Saisir à votre aspect le cœur de la Princesse ;
1170 Vous la trouverez seule, elle-même a pris soin
Que votre abord fût libre et n'eût aucun témoin.
Vois-je pas Dom Alvar ?

Scène V   [58]
DOM ALVAR, ÉLISE

DOM ALVAR
                    Le Prince me renvoie
Vous prier que pour lui votre crédit s'emploie.
De ses jours, belle Élise, on doit n'espérer rien,
1175 S'il n'obtient par vos soins un moment d'entretien.
Son âme a des transports… Mais le voici lui-même.

Scène VI
DOM GARCIE, DOM ALVAR, ÉLISE

DOM GARCIE
Ah ! sois un peu sensible à ma disgrâce extrême,
Élise, et prends pitié d'un cœur infortuné,
Qu'aux plus vives douleurs tu vois abandonné.

ÉLISE
1180 C'est avec d'autres yeux que ne fait la Princesse,
Seigneur, que je verrais le tourment qui vous
                                    [presse[178] ;
Mais nous avons du Ciel ou du tempérament[179]

---

178 Qui vous accable.
179 Mais nous tenons du Ciel, ou de la nature (du *tempérament*).

Que nous jugeons de tout chacun diversement.
Et puisqu'elle vous blâme, et que sa fantaisie[180] [59]
1185 Lui fait un monstre affreux de votre jalousie,
Je serais complaisante, et voudrais m'efforcer
De cacher à ses yeux ce qui peut les blesser.
Un amant suit sans doute une utile méthode,
S'il fait qu'à notre humeur la sienne s'accommode ;
1190 Et cent devoirs font moins que ces ajustements[181]
Qui font croire en deux cœurs les mêmes sentiments.
L'art de ces deux rapports fortement les assemble,
Et nous n'aimons rien tant que ce qui nous ressemble.

DOM GARCIE

Je le sais ; mais hélas ! les destins inhumains
1195 S'opposent à l'effet[182] de ces justes desseins,
Et malgré tous mes soins viennent toujours me
[tendre
Un piège, dont mon cœur ne saurait se défendre.
Ce n'est pas que l'ingrate aux yeux de mon rival
N'ait fait contre mes feux un aveu trop fatal,
1200 Et témoigné pour lui des excès de tendresse
Dont le cruel objet[183] me reviendra sans cesse ;
Mais comme trop d'ardeur, enfin, m'avait séduit,
Quand j'ai cru qu'en ces lieux elle l'ait introduit,
D'un trop cuisant ennui[184] je sentirais l'atteinte
1205 À lui laisser sur moi quelque sujet de plainte.
Oui, je veux faire au moins, si je m'en vois quitté,
Que ce soit de son cœur pure infidélité ;

---

180 *Fantaisie* : imagination, esprit.
181 Cent devoirs accomplis par l'amant dans le service de la dame font moins
    que ces accommodements (*ajustements*) par lesquels il s'adapte à sa dame.
182 *Effet* : réalisation, exécution.
183 Dont la cruelle idée.
184 Voir au vers 1130.

Et venant m'excuser d'un trait de promptitude,
Dérober tout prétexte à son ingratitude.

ÉLISE

1210   Laissez un peu de temps à son ressentiment[185],
Et ne la voyez point, Seigneur, si promptement.

DOM GARCIE

Ah ! si tu me chéris, obtiens que je la voie ;
C'est une liberté qu'il faut qu'elle m'octroie ;
Je ne pars point d'ici qu'au moins son fier dédain... [60]

ÉLISE

1215   De grâce, différez l'effet de ce dessein.

DOM GARCIE

Non, ne m'oppose point une excuse frivole.

ÉLISE

Il faut que ce soit elle, avec une parole,
Qui trouve les moyens de le faire en aller.
Demeurez donc, Seigneur, je m'en vais lui parler[186].

DOM GARCIE

1220   Dis-lui que j'ai d'abord banni de ma présence
Celui dont les avis ont causé mon offense,
Que Dom Lope jamais[187]...

---

185 Au sentiment qu'elle a conçu à la suite de votre dernière crise de jalousie.
186 Ce dernier vers est adressé à Dom Garcie, après l'aparté précédent de
     deux vers, qui s'adressent aussi à Dom Alvar, présent mais muet dans
     cette scène.
187 Dom Garcie s'interrompt au milieu de sa phrase, car il vient d'entrevoir,
     par la porte entrouverte, Elvire tenant dans ses bras un cavalier qui n'est
     autre qu'Ignès déguisée.

Scène VII

DOM GARCIE, DOM ALVAR

DOM GARCIE

Que vois-je, ô justes Cieux !
Faut-il que je m'assure au rapport de mes yeux[188] ?
Ah ! sans doute ils me sont des témoins trop fidèles.
1225 Voilà le comble affreux de mes peines mortelles,
Voici le coup fatal qui devait m'accabler ;
Et quand par des soupçons je me sentais troubler,
C'était, c'était le Ciel dont la sourde menace
Présageait à mon cœur cette horrible disgrâce.

DOM ALVAR

1230 Qu'avez-vous vu, Seigneur, qui vous puisse
[émouvoir[189] ?

DOM GARCIE

J'ai vu ce que mon âme a peine à concevoir ;   [61]
Et le renversement de toute la nature
Ne m'étonnerait pas comme cette aventure[190].
C'en est fait…Le destin…Je ne saurais parler.

DOM ALVAR

1235 Seigneur, que votre esprit tâche à se rappeler[191].

DOM GARCIE

J'ai vu… Vengeance, ô Ciel !

---

188 Que je sois sûr de ce que mes yeux voient.
189 Le passage du vers 1230 au vers 1239 a été transposé dans *Le Misanthrope*, IV, 2, vers 1219-1228.
190 Ne m'ébranlerait pas (*étonnerait*) comme ce qui arrive (*aventure*).
191 Tâche à revenir à soi.

DOM ALVAR
                    Quelle atteinte soudaine...

DOM GARCIE
J'en mourrai, Dom Alvar, la chose est bien certaine.

DOM ALVAR
Mais, Seigneur, qui pourrait... ?

DOM GARCIE
                                        Ah! tout est ruiné.
Je suis, je suis trahi, je suis assassiné;
1240   Un homme... Sans mourir te le puis-je bien dire?
Un homme dans les bras de l'infidèle Elvire.

DOM ALVAR
Ah! Seigneur, la Princesse est vertueuse au point...

DOM GARCIE
Ah! sur ce que j'ai vu ne me contestez point.
Dom Alvar, c'en est trop que soutenir sa gloire[192],
1245   Lorsque mes yeux font foi d'une action si noire.

DOM ALVAR
Seigneur, nos passions nous font prendre souvent
Pour chose véritable un objet décevant[193].
Et de croire qu'une âme à la vertu nourrie
Se puisse...

DOM GARCIE
                    Dom Alvar, laissez-moi, je vous prie.

---

192 C'est trop soutenir son honneur.
193 *Décevant* : trompeur, illusoire.

1250   Un conseiller me choque en cette occasion,
        Et je ne prends avis que de ma passion.

                        DOM ALVAR   [62]
        Il ne faut rien répondre à cet esprit farouche[194].

                    DOM GARCIE
        Ah! que sensiblement cette atteinte me touche!
        Mais il faut voir qui c'est, et de ma main punir...
1255   La voici. Ma fureur, te peux-tu retenir?

                    Scène VIII
        DONE ELVIRE, DOM GARCIE, DOM ALVAR

                    DONE ELVIRE
        Eh bien! que voulez-vous, et quel espoir de grâce,
        Après vos procédés peut flatter votre audace?
        Osez-vous à mes yeux encor vous présenter,
        Et que me direz-vous que je doive écouter?

                    DOM GARCIE
1260   Que toutes les horreurs dont une âme est capable
        À vos déloyautés n'ont rien de comparable,
        Que le sort, les démons, et le Ciel en courroux
        N'ont jamais rien produit de si méchant que vous[195].

                    DONE ELVIRE
        Ah! vraiment, j'attendais l'excuse d'un outrage,
1265   Mais à ce que je vois, c'est un autre langage.

---

194 Vers prononcé en *a parte*.
195 Reprise textuelle de ces quatre vers dans *Le Misanthrope*, IV, 3,
     vers 1281-1284.

DOM GARCIE

Oui, oui, c'en est un autre ; et vous n'attendiez pas
Que j'eusse découvert[196] le traître dans vos bras,
Qu'un funeste hasard par la porte entrouverte
Eût offert à mes yeux votre honte, et ma perte.
1270   Est-ce l'heureux amant sur ses pas revenu,
Ou quelque autre rival qui m'était inconnu ?
Ô Ciel ! donne à mon cœur des forces suffisantes   [63]
Pour pouvoir supporter des douleurs si cuisantes !
Rougissez maintenant, vous en avez raison,
1275   Et le masque est levé de votre trahison[197].
Voilà ce que marquaient les troubles de mon âme,
Ce n'était pas en vain que s'alarmait ma flamme ;
Par ces fréquents soupçons qu'on trouvait odieux,
Je cherchais le malheur qu'ont rencontré mes yeux.
1280   Et malgré tous vos soins et votre adresse à feindre,
Mon astre[198] me disait ce que j'avais à craindre.
Mais ne présumez pas que sans être vengé
Je souffre le dépit[199] de me voir outragé.
Je sais que sur les vœux on n'a point de puissance[200],
1285   Que l'amour veut partout naître sans dépendance,
Que jamais par la force on n'entra dans un cœur,
Et que toute âme est libre à nommer son vainqueur ;
Aussi ne trouverais-je aucun sujet de plainte,
Si pour moi votre bouche avait parlé sans feinte ;
1290   Et son arrêt livrant mon espoir à la mort,

---

196 Vous ne vous attendiez pas à ce que je puisse découvrir.
197 Deux vers transposés en IV, 3, vers 1287-1288 du *Misanthrope* : « Rougissez
      bien plutôt, vous en avez raison ; / Et j'ai de sûrs témoins de votre tra-
      hison ». Mais toute la tirade d'Alceste s'inspire de celle de Dom Garcie.
198 L'astre dont dépend ma destinée.
199 *Dépit* : irritation profonde, ressentiment violent.
200 *Le Misanthrope, ibid.*, vers 1297 : « Je sais que sur les vœux on n'a point
      de puissance ».

Mon cœur n'aurait eu droit de s'en plaindre qu'au
[sort.
Mais d'un aveu trompeur voir ma flamme applaudie,
C'est une trahison, c'est une perfidie,
Qui ne saurait trouver de trop grands châtiments,
1295   Et je puis tout permettre à mes ressentiments[201].
Non, non, n'espérez rien après un tel outrage ;
Je ne suis plus à moi, je suis tout à la rage[202] ;
Trahi de tous côtés, mis dans un triste état[203],
Il faut que mon amour se venge avec éclat,
1300   Qu'ici j'immole tout à ma fureur extrême,
Et que mon désespoir achève par moi-même.

DONE ELVIRE

Assez paisiblement vous a-t-on écouté,
Et pourrai-je à mon tour parler en liberté ?

DOM GARCIE   [64]

Et par quels beaux discours que l'artifice inspire… ?

DONE ELVIRE

1305   Si vous avez encor quelque chose à me dire,
Vous pouvez l'ajouter, je suis prête à l'ouïr ;
Sinon, faites au moins que je puisse jouir
De deux ou trois moments de paisible audience[204].

DOM GARCIE

Eh bien ! j'écoute. Ô Ciel, quelle est ma patience !

---

201 À mes sentiments devant cette trahison.
202 *Cf. Le Misanthrope*, vers 1309-1310, le dernier repris textuellement.
203 *Triste* : sévère, rigoureux.
204 *Audience* : attention prêtée à celui qui parle.

DONE ELVIRE

1310 Je force[205] ma colère, et veux, sans nulle aigreur,
Répondre à ce discours si rempli de fureur.

DOM GARCIE

C'est que vous voyez bien…

DONE ELVIRE

Ah ! j'ai prêté l'oreille
Autant qu'il vous a plu, rendez-moi la pareille.
J'admire[206] mon destin, et jamais sous les cieux
1315 Il ne fut rien, je crois, de si prodigieux,
Rien dont la nouveauté soit plus inconcevable,
Et rien que la raison rende moins supportable.
Je me vois un amant, qui sans se rebuter
Applique tous ses soins à me persécuter,
1320 Qui dans tout cet amour que sa bouche m'exprime
Ne conserve pour moi nul sentiment d'estime.
Rien au fond de ce cœur qu'ont pu blesser mes yeux,
Qui fasse droit au sang que j'ai reçu des Cieux,
Et de mes actions défende l'innocence
1325 Contre le moindre effort[207] d'une fausse apparence.
Oui, je vois…Ah ! surtout ne m'interrompez point !
Je vois, dis-je, mon sort malheureux à ce point,
Qu'un cœur qui dit qu'il m'aime, et qui doit faire
[croire
Que, quand tout l'univers douterait de ma gloire,
1330 Il voudrait contre tous en être le garant,   [65]
Est celui qui s'en fait l'ennemi le plus grand.
On ne voit échapper aux soins que prend sa flamme

---

205 *Forcer* : triompher, surmonter.
206 Je considère avec stupéfaction.
207 Effet.

Aucune occasion de soupçonner mon âme.
Mais c'est peu des soupçons ; il en fait des éclats
1335 Que, sans être blessé, l'amour ne souffre pas.
Loin d'agir en amant, qui, plus que la mort même,
Appréhende toujours d'offenser ce qu'il aime,
Qui se plaint doucement et cherche avec respect
À pouvoir s'éclaircir de ce qu'il croit suspect,
1340 À toute extrémité dans ses doutes il passe,
Et ce n'est que fureur, qu'injure et que menace.
Cependant aujourd'hui je veux fermer les yeux
Sur tout ce qui devrait me le rendre odieux,
Et lui donner moyen, par une bonté pure,
1345 De tirer son salut d'une nouvelle injure[208].
Ce grand emportement qu'il m'a fallu souffrir
Part de ce qu'à vos yeux le hasard vient d'offrir ;
J'aurais tort de vouloir démentir votre vue,
Et votre âme sans doute a dû paraître émue[209].

DOM GARCIE

1350 Et n'est-ce pas… ?

DONE ELVIRE

Encore un peu d'attention,
Et vous allez savoir ma résolution[210].
Il faut que de nous deux le destin s'accomplisse.
Vous êtes maintenant sur un grand précipice ;
Et ce que votre cœur pourra délibérer
1355 Va vous y faire choir, ou bien vous en tirer.

---

208 Comprendre : par pure bonté, je veux lui donner un moyen de ne plus
  tomber dans ses errements de jalousie, à partir même de l'injure qu'il
  vient encore de me faire.
209 Et, assurément, votre âme pouvait paraître émue de ce qu'elle a vu.
210 Valeur stylistique des diérèses à la rime.

Si malgré cet objet qui vous a pu surprendre,
Prince, vous me rendez ce que vous devez rendre,
Et ne demandez point d'autre preuve que moi
Pour condamner l'erreur du trouble où je vous vois,
1360   Si de vos sentiments la prompte déférence
Veut sur ma seule foi croire mon innocence
Et de tous vos soupçons démentir le crédit, [F] [66]
Pour croire aveuglément ce que mon cœur vous dit,
Cette soumission, cette marque d'estime,
1365   Du passé dans ce cœur efface tout le crime.
Je rétracte à l'instant ce qu'un juste courroux
M'a fait dans la chaleur prononcer contre vous ;
Et si je puis un jour choisir ma destinée,
Sans choquer les devoirs du rang où je suis née,
1370   Mon honneur, satisfait par ce respect soudain,
Promet à votre amour et mes vœux et ma main.
Mais prêtez bien l'oreille à ce que je vais dire :
Si cet offre[211] sur vous obtient si peu d'empire
Que vous me refusiez de me faire entre nous
1375   Un sacrifice entier de vos soupçons jaloux,
S'il ne vous suffit pas de toute l'assurance
Que vous peuvent donner mon cœur et ma naissance,
Et que de votre esprit les ombrages[212] puissants
Forcent mon innocence à convaincre vos sens
1380   Et porter à vos yeux l'éclatant témoignage
D'une vertu sincère à qui l'on fait outrage,
Je suis prête à le faire, et vous serez content ;
Mais il vous faut de moi détacher à l'instant,
À mes vœux pour jamais renoncer de vous-même ;
1385   Et j'atteste du Ciel la puissance suprême,

---

211 Le mot *offre* pouvait encore être masculin.
212 Soupçons.

Que, quoi que le destin puisse ordonner de nous,
Je choisirai plutôt d'être à la mort qu'à vous.
Voilà dans ces deux choix de quoi vous satisfaire ;
Avisez[213] maintenant celui qui peut vous plaire.

DOM GARCIE

1390   Juste Ciel ! jamais rien peut-il être inventé
Avec plus d'artifice et de déloyauté[214] ?
Tout ce que des Enfers la malice[215] étudie
A-t-il rien de si noir que cette perfidie ?
Et peut-elle trouver dans toute sa rigueur
1395   Un plus cruel moyen d'embarrasser un cœur ?
Ah ! que vous savez bien ici contre moi-même, [67]
Ingrate, vous servir de ma faiblesse extrême,
Et ménager[216] pour vous l'effort prodigieux
De ce fatal amour né de vos traîtres yeux[217] !
1400   Parce qu'on est surprise et qu'on manque d'excuse,
D'un offre[218] de pardon on emprunte la ruse ;
Votre feinte douceur forge un amusement[219]
Pour divertir l'effet de mon ressentiment,
Et par le nœud subtil du choix qu'elle embarrasse[220]
1405   Veut soustraire un perfide[221] au coup qui le menace ;
Oui, vos dextérités veulent me détourner
D'un éclaircissement qui vous doit condamner ;

---

213 *Aviser*, verbe transitif : penser à, examiner.
214 *Cf. Le Misanthrope*, même scène vers 1370-1371.
215 *Malice* : méchanceté, perversité.
216 Utiliser.
217 Quatre vers repris presque à l'identique dans les vers 1381-1384 prononcés
       par Alceste.
218 Voir au vers 1373.
219 Une diversion, pour éloigner le ressentiment et la vengeance de Dom
       Garcie.
220 *Embarrasser* : embrouiller, compliquer une question.
221 Celui qu'il pense être son rival, qu'il a entraperçu dans les bras d'Elvire.

Et votre âme, feignant une innocence entière,
Ne s'offre à m'en donner une pleine lumière
1410 Qu'a des conditions qu'après d'ardents souhaits
Vous pensez que mon cœur n'acceptera jamais.
Mais vous serez trompée en me croyant surprendre ;
Oui, oui, je prétends voir ce qui doit vous défendre,
Et quel fameux prodige, accusant ma fureur,
1415 Peut de ce que j'ai vu justifier l'horreur.

DONE ELVIRE

Songez que par ce choix vous allez vous prescrire
De ne plus rien prétendre au cœur de Done Elvire.

DOM GARCIE

Soit, je souscris à tout, et mes vœux aussi bien,
En l'état où je suis ne prétendent plus rien.

DONE ELVIRE

1420 Vous vous repentirez de l'éclat que vous faites[222].

DOM GARCIE

Non, non, tous ces discours sont de vaines défaites[223],
Et c'est moi bien plutôt qui dois vous avertir
Que quelque autre dans peu se pourra repentir ;
Le traître, quel qu'il soit, n'aura pas l'avantage
1425 De dérober sa vie à l'effort de ma rage.

DONE ELVIRE   [E ij] [68]

Ah ! c'est trop en souffrir[224], et mon cœur irrité
Ne doit plus conserver une sotte bonté ;

---

222 Ces vers 1303-1421 viennent de Cicognini, *Le Gelosie…*, II, 19.
223 *Défaite* : échappatoire.
224 Supporter.

Abandonnons l'ingrat à son propre caprice[225],
Et puisqu'il veut périr, consentons qu'il périsse[226].
1430   Élise… À cet éclat vous voulez me forcer,
Mais je vous apprendrai que c'est trop m'offenser.

Élise entre

Faites un peu sortir la personne chérie…
Allez, vous m'entendez, dites que je l'en prie.

DOM GARCIE

Et je puis…

DONE ELVIRE

Attendez, vous serez satisfait.

ÉLISE

1435   Voici de son jaloux sans doute un nouveau trait[227].

DONE ELVIRE

Prenez garde qu'au moins cette noble colère
Dans la même fierté[228] jusqu'au bout persévère ;
Et surtout désormais songez bien à quel prix
Vous avez voulu voir vos soupçons éclaircis.
1440   Voici, grâces au Ciel, ce qui les a fait naître,
Ces soupçons obligeants que l'on me fait paraître.
Voyez bien ce visage, et si de Done Ignès
Vos yeux au même instant n'y connaissent les traits.

---

225 À sa folie.
226 C'est un vers de Corneille, dans *Polyeucte* (V, 6, vers 1684).
227 Aparté. Un *trait* est une marque, une manifestation, ici de la jalousie
de Dom Garcie.
228 Sauvagerie.

Scène IX   [69]
DOM GARCIE, DONE ELVIRE,
DONE IGNÈS, DOM ALVAR, ÉLISE

DOM GARCIE

Ô Ciel !

DONE ELVIRE
Si la fureur dont votre âme est émue
1445 Vous trouble jusque-là l'usage de la vue,
Vous avez d'autres yeux à pouvoir consulter,
Qui ne vous laisseront aucun lieu de douter.
Sa mort est une adresse au besoin[229] inventée
Pour fuir l'autorité qui l'a persécutée,
1450 Et sous un tel habit elle cachait son sort
Pour mieux jouir du fruit de cette feinte mort.
Madame[230], pardonnez, s'il faut que je consente
À trahir vos secrets et tromper votre attente ;
Je me vois exposée à sa témérité,
1455 Toutes mes actions n'ont plus de liberté,
Et mon honneur en butte aux soupçons qu'il peut
                                    [prendre
Est réduit à toute heure aux soins de se défendre.
Nos doux embrassements qu'a surpris ce jaloux,
De cent indignités m'ont fait souffrir les coups.
1460 Oui[231], voilà le sujet d'une fureur si prompte,
Et l'assuré témoin qu'on produit de ma honte.
Jouissez à cette heure en tyran absolu
De l'éclaircissement que vous avez voulu ;

---

229 *Au besoin* : dans une occasion critique.
230 Elvire, qui s'adressait jusqu'alors à Dom Garcie, se tourne à présent vers
      Ignès.
231 Elvire se retourne alors vers Dom Garcie.

Mais sachez que j'aurai sans cesse la mémoire
1465   De l'outrage sanglant qu'on a fait à ma gloire ;
Et si je puis jamais oublier mes serments,   [F iij] [70]
Tombent sur moi du Ciel les plus grands châtiments !
Qu'un tonnerre éclatant mette ma tête en poudre,
Lorsqu'à souffrir vos feux je pourrai me résoudre !
1470   Allons[232], Madame, allons, ôtons-nous de ces lieux,
Qu'infectent les regards d'un monstre furieux,
Fuyons-en promptement l'atteinte envenimée,
Évitons les effets de sa rage animée,
Et ne faisons des vœux, dans nos justes desseins,
1475   Que pour nous voir bientôt affranchir de ses mains.

DONE IGNÈS

Seigneur[233], de vos soupçons l'injuste violence,
À la même vertu[234] vient de faire une offense.

DOM GARCIE

Quelles tristes clartés dissipent mon erreur,
Enveloppent mes sens d'une profonde horreur,
1480   Et ne laissent plus voir à mon âme abattue
Que l'effroyable objet d'un remords qui me tue !
Ah ! Dom Alvar, je vois que vous avez raison ;
Mais l'enfer dans mon cœur a soufflé son poison ;
Et par un trait fatal d'une rigueur extrême,
1485   Mon plus grand ennemi se rencontre en moi-même.
Que me sert-il d'aimer du plus ardent amour
Qu'une âme consumée ait jamais mis au jour,

---

232 Elvire va quitter la scène sans un regard pour Dom Garcie.
233 À Dom Garcie.
234 À la vertu même. Antéposition du déterminatif pour marquer la spé-
cificité de l'être, dans la langue classique.

Si par ses mouvements[235] qui font toute ma peine
Cet amour à tous coups se rend digne de haine ?
1490   Il faut, il faut venger par mon juste trépas
L'outrage que j'ai fait à ses divins appas.
Aussi bien quel conseil aujourd'hui puis-je suivre ?
Ah ! j'ai perdu l'objet pour qui j'aimais à vivre.
Si j'ai pu renoncer à l'espoir de ses vœux,
1495   Renoncer à la vie est beaucoup moins fâcheux.

DOM ALVAR   [71]
Seigneur !

DOM GARCIE
Non, Dom Alvar, ma mort est nécessaire,
Il n'est soins ni raisons qui m'en puissent distraire[236] ;
Mais il faut que mon sort en se précipitant[237]
Rende à cette princesse un service éclatant.
1500   Et je veux me chercher dans cette illustre envie
Les moyens glorieux de sortir de la vie,
Faire par un grand coup, qui signale ma foi,
Qu'en expirant pour elle, elle ait regret à moi,
Et qu'elle puisse dire en se voyant vengée :
1505   « C'est par son trop d'amour qu'il m'avait outragée ».
Il faut que de ma main un illustre attentat
Porte une mort trop due au sein de Mauregat,
Que j'aille prévenir par une belle audace
Le coup[238], dont la Castille avec bruit le menace ;
1510   Et j'aurai des douceurs dans mon instant fatal,
De ravir cette gloire à l'espoir d'un rival.

---

235 Ses mouvements de jalousie.
236 Détourner.
237 En se jetant vers le bas, vers la mort.
238 Que je sois le premier à porter le coup mortel à Mauregat.

DOM ALVAR

Un service, Seigneur, de cette conséquence
Aurait bien le pouvoir d'effacer votre offense ;
Mais hasarder…

DOM GARCIE

Allons, par un juste devoir,
1515   Faire à ce noble effort[239] servir mon désespoir

Fin du quatrième acte.

ACTE V   [72]

Scène PREMIÈRE
DOM ALVAR, ÉLISE

DOM ALVAR

Oui, jamais il ne fut de si rude surprise.
Il venait de former cette haute entreprise ;
À l'avide désir d'immoler Mauregat
De son prompt désespoir il tournait tout l'éclat[240].
1520   Ses soins précipités voulaient à son courage,
De cette juste mort assurer l'avantage,
Y chercher son pardon et prévenir l'ennui[241]

---

239 Ce haut fait glorieux.
240 Désespéré par la rupture qu'Elvire lui a signifiée à la fin de l'acte précédent, Dom Garcie (c'est lui le *il* du récit de Dom Alvar) avait décidé de convertir son désespoir amoureux en un haut fait : tuer le tyran Mauregat ; voir le dernier vers de l'acte précédent. Le début de l'acte V s'enchaîne donc parfaitement, les vers 1515 et 1519 se répondant avec la reprise du mot *désespoir.*
241 Le tourment que Dom Sylve accomplisse avant lui ce haut fait, qu'il le prévienne.

Qu'un rival[242] partageât cette gloire avec lui.
Il sortait de ces murs, quand un bruit trop fidèle
1525   Est venu lui porter la fâcheuse nouvelle
Que ce même rival, qu'il voulait prévenir,
A remporté l'honneur qu'il pensait obtenir,
L'a prévenu lui-même en immolant le traître,
Et pousse dans ce jour Dom Alphonse à paraître,
1530   Qui d'un si prompt succès va goûter la douceur,
Et vient prendre en ces lieux la princesse sa sœur ;
Et, ce qui n'a pas peine à gagner la croyance,
On entend publier que c'est la récompense
Dont il prétend payer le service éclatant   [73]
1535   Du bras qui lui fait jour[243] au trône qui l'attend.

ÉLISE

Oui, Done Elvire a su ces nouvelles semées,
Et du vieux Dom Louis les trouve confirmées,
Qui vient de lui mander que Léon dans ce jour
De Dom Alphonse et d'elle attend l'heureux retour,
1540   Et que c'est là qu'on doit, par un revers prospère[244],
Lui voir prendre un époux de la main de ce frère ;
Dans ce peu qu'il en dit, il donne assez à voir
Que Dom Sylve est l'époux qu'elle doit recevoir.

DOM ALVAR

Ce coup au cœur du Prince…

ÉLISE

Est sans doute bien rude,

---

242 Dom Sylve.
243 *Faire jour* : faire passage, ouvrir la voie.
244 Comme « *Revers* se dit d'un renversement de fortune » (Furetière), ce
    renversement peut être heureux et prospère.

1545   Et je le trouve à plaindre en son inquiétude[245].
       Son intérêt pourtant, si j'en ai bien jugé,
       Est encor cher au cœur qu'il a tant outragé ;
       Et je n'ai point connu[246] qu'à ce succès qu'on vante,
       La Princesse ait fait voir une âme fort contente
1550   De ce frère qui vient et de la lettre aussi.
       Mais…

                    Scène II
            DONE ELVIRE, DOM ALVAR,
              ÉLISE, DONE IGNÈS[247]

                  DONE ELVIRE
        Faites, Dom Alvar, venir le Prince ici.
       Souffrez que devant vous je lui parle, Madame,
       Sur cet événement dont on surprend mon âme.
       Et ne m'accusez point d'un trop prompt
                          [changement, [G] [74]
1555   Si je perds contre lui tout mon ressentiment.
       Sa disgrâce[248] imprévue a pris droit de l'éteindre ;
       Sans lui laisser ma haine, il est assez à plaindre,
       Et le Ciel, qui l'expose à ce trait de rigueur,
       N'a que trop bien servi les serments de mon cœur.
1560   Un éclatant arrêt de ma gloire outragée
       À jamais n'être à lui me tenait engagée ;
       Mais quand par les destins il est exécuté,
       J'y vois pour son amour trop de sévérité ;

_____

245 Tourment.
246 Discerné, remarqué.
247 Elle est toujours déguisée en homme.
248 Son infortune (Dom Sylve a tué avant Dom Garcie le tyran Mauregat).

Et le triste succès de tout ce qu'il m'adresse[249]
1565 M'efface son offense et lui rend ma tendresse.
Oui, mon cœur, trop vengé par de si rudes coups,
Laisse à leur cruauté désarmer son courroux,
Et cherche maintenant par un soin pitoyable[250]
À consoler le sort d'un amant misérable ;
1570 Et je crois que sa flamme a bien pu mériter
Cette compassion que je lui veux prêter.

DONE IGNÈS

Madame, on aurait tort de trouver à redire
Aux tendres sentiments qu'on voit qu'il vous inspire.
Ce qu'il a fait pour vous…Il vient, et sa pâleur,
1575 De ce coup surprenant marque assez la douleur.

Scène III
DOM GARCIE, DONE ELVIRE,
DONE IGNÈS, ÉLISE

DOM GARCIE

Madame, avec quel front faut-il que je m'avance,
Quand je viens vous offrir l'odieuse présence… ?

DONE ELVIRE   [75]

Prince, ne parlons plus de mon ressentiment ;
Votre sort dans mon âme a fait du changement,
1580 Et par le triste état où sa rigueur vous jette
Ma colère est éteinte, et notre paix est faite.
Oui, bien que votre amour ait mérité les coups
Que fait sur lui du Ciel éclater le courroux ;

---

249 Et l'issue malheureuse de tout ce qu'il fait à mon égard.
250 Avec une sollicitude pleine de pitié.

Bien que ses noirs soupçons aient offensé ma gloire,
1585 Par des indignités qu'on aurait peine à croire,
J'avouerai toutefois que je plains son malheur,
Jusqu'à voir nos succès avec quelque douleur ;
Que je hais les faveurs de ce fameux service,
Lorsqu'on veut de mon cœur lui faire un sacrifice,
1590 Et voudrais bien pouvoir racheter les moments,
Où le sort contre vous n'armait que mes serments.
Mais enfin vous savez comme nos destinées
Aux intérêts publics sont toujours enchaînées,
Et que l'ordre des Cieux pour disposer de moi,
1595 Dans mon frère qui vient me va montrer mon roi.
Cédez comme moi, Prince, à cette violence,
Où la grandeur soumet celles de ma naissance ;
Et si de votre amour les déplaisirs[251] sont grands,
Qu'il se fasse un secours de la part que j'y prends
1600 Et ne se serve point contre un coup qui l'étonne[252]
Du pouvoir qu'en ces lieux votre valeur vous donne ;
Ce vous serait sans doute un indigne transport
De vouloir dans vos maux lutter contre le sort.
Et lorsque c'est en vain qu'on s'oppose à sa rage,
1605 La soumission prompte est grandeur de courage.
Ne résistez donc point à ses coups éclatants,
Ouvrez les murs d'Astorgue au frère que j'attends,
Laissez-moi rendre aux droits qu'il peut sur moi
                              [prétendre, [G ij] [76]
Ce que mon triste cœur a résolu de rendre ;
1610 Et ce fatal hommage où mes vœux sont forcés
Peut-être n'ira pas si loin que vous pensez.

---

251 Sens fort de *déplaisir* : profonde douleur qu'entraîne le malheur.
252 *Étonner* : ébranler violemment.

DOM GARCIE

C'est faire voir, Madame, une bonté trop rare,
Que vouloir adoucir le coup qu'on me prépare ;
Sur moi sans de tels soins vous pouvez laisser choir
1615   Le foudre[253] rigoureux de tout votre devoir.
En l'état où je suis je n'ai rien à vous dire ;
J'ai mérité du sort tout ce qu'il a de pire,
Et je sais, quelques maux qu'il me faille endurer,
Que je me suis ôté le droit d'en murmurer.
1620   Par où pourrais-je, hélas ! dans ma vaste disgrâce[254],
Vers vous de quelque plainte autoriser l'audace ?
Mon amour s'est rendu mille fois odieux,
Il n'a fait qu'outrager vos attraits glorieux.
Et lorsque par un juste et fameux[255] sacrifice
1625   Mon bras à votre sang cherche à rendre un service,
Mon astre m'abandonne au déplaisir fatal
De me voir prévenu par le bras d'un rival.
Madame, après cela je n'ai rien à prétendre,
Je suis digne du coup que l'on me fait attendre,
1630   Et je le vois venir sans oser contre lui
Tenter[256] de votre cœur le favorable appui.
Ce qui peut me rester dans mon malheur extrême,
C'est de chercher alors mon remède en moi-même,
Et faire que ma mort, propice à mes désirs,
1635   Affranchisse mon cœur de tous ses déplaisirs[257].
Oui, bientôt dans ces lieux Dom Alphonse doit être,
Et déjà mon rival commence de paraître.
De Léon vers ces murs, il semble avoir volé,   [77]

---

253 Voir au vers 185.
254 Voir au vers 1556.
255 Notoire.
256 Solliciter.
257 Voir au vers 1598.

Pour recevoir le prix du tyran immolé[258].
1640 Ne craignez point du tout qu'aucune résistance
Fasse valoir ici ce que j'ai de puissance.
Il n'est effort humain que pour vous conserver,
Si vous y consentiez, je ne pusse braver ;
Mais ce n'est pas à moi, dont on hait la mémoire,
1645 À pouvoir espérer cet aveu plein de gloire ;
Et je ne voudrais pas, par des efforts trop vains,
Jeter le moindre obstacle à vos justes desseins.
Non, je ne contrains point vos sentiments, Madame ;
Je vais en liberté laisser toute votre âme,
1650 Ouvrir les murs d'Astorgue à cet heureux vainqueur,
Et subir de mon sort la dernière rigueur.

Scène IV
DONE ELVIRE, DONE IGNÈS, ÉLISE

DONE ELVIRE
Madame, au désespoir où son destin l'expose,
De tous mes déplaisirs n'imputez pas la cause.
Vous me rendrez justice en croyant que mon cœur
1655 Fait de vos intérêts sa plus vive douleur,
Que bien plus que l'amour l'amitié m'est sensible,
Et que si je me plains d'une disgrâce horrible,
C'est de voir que du Ciel le funeste courroux
Ait pris chez moi les traits qu'il lance contre vous,
1660 Et rendu mes regards coupables d'une flamme
Qui traite indignement les bontés de votre âme[259].

---

258 Pour recevoir sa récompense après avoir immolé le tyran.
259 Elvire regrette que Dom Sylve soit devenu amoureux d'elle, en trahissant
son premier amour pour Ignès.

DONE IGNÈS   [G iij] [78]

C'est un événement dont sans doute vos yeux
N'ont point pour moi, Madame, à quereller les
                                    [Cieux ;
Si les faibles attraits qu'étale mon visage
1665   M'exposaient au destin de souffrir un volage,
Le Ciel ne pouvait mieux m'adoucir de tels coups,
Quand pour m'ôter ce cœur, il s'est servi de vous,
Et mon front ne doit point rougir d'une inconstance
Qui de vos traits aux miens marque la différence.
1670   Si pour ce changement je pousse des soupirs,
Ils viennent de le voir fatal à vos désirs[260] ;
Et dans cette douleur que l'amitié m'excite,
Je m'accuse pour vous de mon peu de mérite,
Qui n'a pu retenir un cœur[261] dont les tributs
1675   Causent un si grand trouble à vos vœux combattus.

DONE ELVIRE

Accusez-vous plutôt de l'injuste silence
Qui m'a de vos deux cœurs caché l'intelligence.
Ce secret, plus tôt su, peut-être à toutes deux
Nous aurait épargné des troubles si fâcheux ;
1680   Et mes justes froideurs des désirs d'un volage,
Au point de leur naissance ayant banni l'hommage,
Eussent pu renvoyer…

DONE IGNÈS
            Madame, le voici.

---

260 Mes soupirs viennent de ce que le changement de Dom Sylve, passé
    d'Ignès à Elvire, contrarie le vœu d'Elvire d'épouser Dom Garcie.
261 Celui de Dom Sylve.

DONE ELVIRE

Sans rencontrer ses yeux vous pouvez être ici.
Ne sortez point, Madame, et dans un tel martyre,
1685   Veuillez être témoin de ce que je vais dire.

DONE IGNÈS

Madame, j'y consens, quoique je sache bien
Qu'on fuirait en ma place un pareil entretien.

DONE ELVIRE   [79]

Son succès[262], si le Ciel seconde ma pensée,
Madame, n'aura rien dont vous soyez blessée.

Scène V
DOM SYLVE, DONE ELVIRE, DONE IGNÈS

DONE ELVIRE

1690   Avant que vous parliez, je demande instamment
Que vous daigniez, Seigneur, m'écouter un moment.
Déjà la renommée a jusqu'à nos oreilles
Porté de votre bras les soudaines merveilles ;
Et j'admire[263] avec tous, comme en si peu de temps
1695   Il donne à nos destins ces succès éclatants.
Je sais bien qu'un bienfait de cette conséquence
Ne saurait demander trop de reconnaissance,
Et qu'on doit toute chose à l'exploit immortel
Qui replace mon frère au trône paternel.
1700   Mais quoi que de son cœur vous offrent les
                                    [hommages,
Usez en généreux de tous vos avantages,

_____

262 Son résultat.
263 Je constate avec stupéfaction.

Et ne permettez pas que ce coup glorieux
Jette sur moi, Seigneur, un joug impérieux[264],
Que votre amour qui sait quel intérêt m'anime,
1705 S'obstine à triompher d'un refus légitime,
Et veuille que ce frère, où l'on va m'exposer[265],
Commence d'être roi pour me tyranniser.
Léon a d'autres prix, dont en cette occurrence,
Il peut mieux honorer votre haute vaillance ;
1710 Et c'est à vos vertus faire un présent trop bas,
Que vous donner un cœur qui ne se donne pas[266].
Peut-on être jamais satisfait en soi-même,   [G iiij] [80]
Lorsque par la contrainte on obtient ce qu'on aime ?
C'est un triste avantage, et l'amant généreux
1715 À ces conditions refuse d'être heureux ;
Il ne veut rien devoir à cette violence
Qu'exercent sur nos cœurs les droits de la naissance,
Et pour l'objet qu'il aime est toujours trop zélé
Pour souffrir qu'en victime il lui soit immolé.
1720 Ce n'est pas que ce cœur au mérite d'un autre
Prétende réserver ce qu'il refuse au vôtre.
Non, Seigneur, j'en réponds et vous donne ma foi
Que personne jamais n'aura pouvoir sur moi,
Qu'une sainte retraite à toute autre poursuite...

DOM SYLVE

1725 J'ai de votre discours assez souffert la suite[267],

---

264 On a rapproché ce vers d'un vers de *Don Sanche d'Aragon* (I, 2, v. 123),
     la comédie héroïque de Corneille restant bien à l'horizon de Molière.
265 Du pouvoir de qui je vais dépendre.
266 Elvire joue quelque peu sur les nuances du verbe *donner* : elle craint que
     son frère lui impose d'épouser Dom Sylve, lui *donne* Dom Sylve comme
     mari, alors qu'elle aime Dom Garcie et qu'elle n'aime pas Dom Sylve,
     que son cœur *ne se donne pas* à Dom Sylve.
267 Assez supporté le déroulement.

Madame, et par deux mots je vous l'eusse épargné,
Si votre fausse alarme eût sur vous moins gagné.
Je sais qu'un bruit commun qui partout se fait croire,
De la mort du tyran me veut donner la gloire ;
1730   Mais le seul peuple, enfin, comme on nous fait savoir,
Laissant par Dom Louis échauffer son devoir,
A remporté l'honneur de cet acte héroïque,
Dont mon nom est chargé par la rumeur publique.
Et ce qui d'un tel bruit a fourni le sujet,
1735   C'est que, pour appuyer son illustre projet,
Dom Louis fit semer[268], par une feinte utile,
Que secondé des miens j'avais saisi la ville,
Et par cette nouvelle, il a poussé les bras
Qui d'un usurpateur ont hâté le trépas.
1740   Par son zèle prudent il a su tout conduire,
Et c'est par un des siens qu'il vient de m'en instruire.
Mais dans le même instant un secret m'est appris
Qui va vous étonner[269] autant qu'il m'a surpris.
Vous attendez un frère, et Léon son vrai maître.[81]
1745   À vos yeux maintenant le Ciel le fait paraître.
Oui, je suis Dom Alphonse, et mon sort conservé,
Et sous le nom du sang de Castille élevé[270],
Est un fameux[271] effet de l'amitié sincère
Qui fut entre son prince et le roi notre père.
1750   Dom Louis du secret a toutes les clartés,
Et doit aux yeux de tous prouver ces vérités.
D'autres soins[272] maintenant occupent ma pensée.

---

268 Répandre le bruit.
269 Abasourdir.
270 Oui, je suis Dom Alphonse, prince de Léon ; ma vie a été préservée et
j'ai été élevé sous l'identité de prince de Castille, grâce à l'amitié…
271 Voir au vers 1624.
272 Tâches, soucis.

Non qu'à votre sujet elle soit traversée[273],
Que ma flamme querelle[274] un tel événement,
1755 Et qu'en mon cœur le frère importune l'amant.
Mes feux par ce secret ont reçu sans murmure
Le changement qu'en eux a prescrit la nature ;
Et le sang qui nous joint m'a si bien détaché
De l'amour dont pour vous mon cœur était touché,
1760 Qu'il ne respire[275] plus pour faveur souveraine
Que les chères douceurs de sa première chaîne,
Et le moyen de rendre à l'adorable Ignès
Ce que de ses bontés a mérité l'excès.
Mais son sort incertain rend le mien misérable,
1765 Et si ce qu'on en dit se trouvait véritable,
En vain Léon m'appelle et le trône m'attend,
La couronne n'a rien à me rendre content ;
Et je n'en veux l'éclat que pour goûter la joie
D'en couronner l'objet où le Ciel me renvoie,
1770 Et pouvoir réparer par ces justes tributs
L'outrage que j'ai fait à ses rares vertus.
Madame, c'est de vous que j'ai raison d'attendre
Ce que de son destin mon âme peut apprendre.
Instruisez-m'en, de grâce, et par votre discours,
1775 Hâtez mon désespoir ou le bien de mes jours.

DONE ELVIRE   [82]
Ne vous étonnez pas si je tarde à répondre,

---

273 Gênée, troublée. Dom Alphonse veut dire qu'il n'est pas troublé par
   l'amour qu'il concevait quand il se croyait et était cru Dom Sylve et que
   Dom Alphonse ne peut plus concevoir comme frère d'Elvire.
274 Que mon amour d'amant pour vous s'en prenne à ce changement que
   d'amant je sois devenu frère.
275 *Respirer* : désirer avec ardeur.

Seigneur : ces nouveautés ont droit de me
[confondre[276].
Je n'entreprendrai point de dire à vote amour
Si Done Ignès est morte, ou respire le jour ;
1780   Mais par ce cavalier, l'un de ses plus fidèles,
Vous en pourrez sans doute[277] apprendre des
[nouvelles.

DOM SYLVE OU DOM ALPHONSE[278]

Ah ! Madame, il m'est doux en ces perplexités
De voir ici briller vos célestes beautés.
Mais vous, avec quels yeux verrez-vous un volage,
1785   Dont le crime…

DONE IGNÈS

Ah ! gardez de me faire un outrage,
Et de vous hasarder à dire que vers[279] moi
Un cœur dont je fais cas ait pu manquer de foi ;
J'en refuse l'idée, et l'excuse me blesse.
Rien n'a pu m'offenser auprès de la Princesse,
1790   Et tout ce que d'ardeur elle vous a causé,
Par un si haut mérite est assez excusé[280].
Cette flamme vers moi ne vous rend point coupable,
Et dans le noble orgueil dont je me sens capable,
Sachez, si vous l'étiez, que ce serait en vain

---

276 *Confondre* : déconcerter.
277 Certainement.
278 Il reconnaît Done Ignès dans le cavalier.
279 Envers.
280 Comprendre : eu égard au mérite de la Princesse Elvire, la trahison
de Dom Sylve-Dom Alphonse est excusable. Et Ignès refuse même de
considérer Dom Sylve comme vraiment coupable, d'autant qu'une femme
comme elle ne pourrait pas pardonner à un vrai coupable une trahison
d'amour.

1795 Que vous présumeriez de fléchir mon dédain,
Et qu'il n'est repentir ni suprême puissance
Qui gagnât sur mon cœur d'oublier cette offense.

DONE ELVIRE

Mon frère (d'un tel nom souffrez-moi la douceur[281]),
De quel ravissement comblez-vous une sœur !
1800 Que j'aime votre choix et bénis l'aventure
Qui vous fait couronner une amitié[282] si pure !
Et de deux nobles cœurs que j'aime tendrement…

Scène VI   [83]

DOM GARCIE, DONE ELVIRE,
DONE IGNÈS, DOM SYLVE, ÉLISE

DOM GARCIE

De grâce, cachez-moi votre contentement,
Madame, et me laissez mourir dans la croyance
1805 Que le devoir vous fait un peu de violence.
Je sais que de vos vœux vous pouvez disposer,
Et mon dessein n'est pas de leur rien opposer :
Vous le voyez assez, et quelle obéissance
De vos commandements m'arrache la puissance[283].
1810 Mais je vous avouerai que cette gaiyeté[284]
Surprend au dépourvu toute ma fermeté,
Et qu'un pareil objet dans mon âme fait naître

---

281 Comprendre : tolérez (*souffrez*) que j'emploie le doux nom de frère pour
m'adresser à vous.
282 Un amour.
283 M'arrache la puissance (sujet de *m'arrache*) de vos commandements
(complément du nom *puissance*).
284 Le vers a besoin de ces trois syllabes ; le mot pouvait encore être prononcé
ainsi au XVIIᵉ siècle.

Un transport, dont j'ai peur que je ne sois pas maître ;
Et je me punirais, s'il m'avait pu tirer
1815   De ce respect soumis où je veux demeurer.
Oui, vos commandements ont prescrit à mon âme
De souffrir sans éclat le malheur de ma flamme.
Cet ordre sur mon cœur doit être tout-puissant,
Et je prétends mourir en vous obéissant.
1820   Mais encore une fois, la joie où je vous trouve[285]
M'expose à la rigueur d'une trop rude épreuve,
Et l'âme la plus sage en ces occasions
Répond malaisément de ces émotions[286].
Madame, épargnez-moi cette cruelle atteinte,
1825   Donnez-moi par pitié deux moments de contrainte[287],
Et quoi que d'un rival vous inspirent les soins[288], [84]
N'en rendez pas mes yeux les malheureux témoins.
C'est la moindre faveur qu'on peut, je crois, prétendre,
Lorsque dans ma disgrâce un amant peut descendre.
1830   Je ne l'exige pas, Madame, pour longtemps,
Et bientôt mon départ rendra vos vœux contents.
Je vais où de ses feux mon âme consumée
N'apprendra votre hymen que par la renommée.
Ce n'est pas un spectacle où je doive courir ;
1835   Madame, sans le voir j'en saurai bien mourir.

DONE IGNÈS

Seigneur, permettez-moi de blâmer votre plainte.
De vos maux la Princesse a su paraître atteinte ;

---

285 L'original est *treuve*, graphie pour la rime.
286 Diérèses à portée stylistique, d'autant que Dom Garcie sent monter en
     lui un nouveau, violent (et dernier) accès de jalousie.
287 Par pitié, contraignez-vous encore deux moments.
288 *Soins* : assiduités auprès de la femme aimée.

Et cette joie encor, de quoi vous murmurez[289],
Ne lui vient que des biens qui vous sont préparés.
1840   Elle goûte un succès à vos désirs prospère,
Et dans votre rival elle trouve son frère.
C'est Dom Alphonse, enfin, dont on a tant parlé,
Et ce fameux secret vient d'être dévoilé.

DOM SYLVE OU DOM ALPHONSE

Mon cœur, grâces au Ciel, après un long martyre,
1845   Seigneur, sans vous rien prendre a tout ce qu'il désire,
Et goûte d'autant mieux son bonheur en ce jour,
Qu'il se voit en état de servir votre amour.

DOM GARCIE

Hélas ! cette bonté, Seigneur, doit me confondre :
À mes plus chers désirs elle daigne répondre ;
1850   Le coup que je craignais, le Ciel l'a détourné,
Et tout autre que moi se verrait fortuné ;
Mais ces douces clartés[290] d'un secret favorable
Vers[291] l'objet adoré me découvrent coupable,
Et tombé de nouveau dans ces traîtres soupçons
1855   Sur quoi l'on m'a tant fait d'inutiles leçons,
Et par qui mon ardeur si souvent odieuse   [85]
Doit perdre tout espoir d'être jamais heureuse.
Oui, l'on doit me haïr avec trop de raison :
Moi-même je me trouve indigne de pardon,
1860   Et quelque heureux succès que le sort me présente,
La mort, la seule mort est toute mon attente.

---

289 *Murmurer* : protester.
290 Ces doux éclaircissements.
291 Envers.

DONE ELVIRE

Non, non, de ce transport le soumis mouvement,
Prince, jette en mon âme un plus doux sentiment.
Par lui de mes serments je me sens détachée,
1865   Vos plaintes, vos respects, vos douleurs m'ont
                                              [touchée ;
J'y vois partout briller un excès d'amitié[292],
Et votre maladie est digne de pitié.
Je vois, Prince, je vois qu'on doit quelque indulgence
Aux défauts où du Ciel fait pencher l'influence,
1870   Et pour tout dire, enfin, jaloux ou non jaloux,
Mon roi sans me gêner[293] peut me donner à vous[294].

DOM GARCIE

Ciel, dans l'excès des biens que cet aveu m'octroie,
Rends capable mon cœur de supporter sa joie !

DOM SYLVE *ou* DOM ALPHONSE

Je veux que cet hymen, après nos vains débats,
1875   Seigneur, joigne à jamais nos cœurs et nos États.
Mais ici le temps presse, et Léon nous appelle.
Allons dans nos plaisirs satisfaire son zèle,
Et par notre présence et nos soins[295] différents,
Donner le dernier coup au parti des tyrans.

FIN

---

292 Un excès d'amour.
293 Sans me faire violence (*gêner* a le sens fort de « torturer »).
294 Les derniers mots de l'héroïne des *Gelosie fortunate*, la source de Molière,
   sont déjà, à propos de l'amant jaloux à qui elle pardonne : « *O geloso o
   non geloso, sarà Rodrigo l'anima mia* » (« Jaloux ou non, Rodrigo sera mon
   âme »).
295 Efforts.

INDEX NOMINUM[1]

BARBIN (Claude), marchand-libraire : 11, 132
Bourqui (Claude) : 9, 15, 26
Braider (Christopher) : 33
Bray (René) : 15

Chupeau (Jacques) : 111, 123
CICOGNINI (Andrea Giacinto) : 112, 152, 153, 158, 199
Conesa (Gabriel) : 12, 15, 112, 123
CORNEILLE (Pierre) : 110, 113, 123, 168, 200, 213
CORNEILLE (Thomas) : 27
Couton (Georges) : 13, 15, 83, 104

Dandrey (Patrick) : 15, 33, 34
Defaux (Gérard) : 15
Despois (Eugène) : 13, 15, 104
DONNEAU DE VISÉ (Jean) : 23, 112
DORIMOND (Nicolas Drouin, dit) : 62
Duchêne (Roger) : 16

Forestier (Georges) : 9, 26, 75
FURETIÈRE (Antoine) : 7, 56, 57, 60, 73, 80, 143, 150, 205

GASTON, duc d'Orléans, MONSIEUR : 17
Gilbert (Huguette) : 33
Guardia (Jean de) : 16
Gutwirth (Marcel) : 112, 123

JODELET (Julien Bedeau, dit) : 17
Jurgens (Madeleine) : 16

LA GRANGE (Charles Varlet, dit de) : 10, 109, 121
LE BRUN (Charles) : 72
LOUIS XIV : 17, 18
LOUIS DE GRENADE (Luis de Sarria), o.p. : 46
LUYNE ou LUYNES (Guillaume de), marchand-libraire : 31, 36, 106

McKenna (Anthony) : 16
MARIE-THÉRÈSE, infante d'Espagne et reine de France : 17
MARIVAUX (Pierre Carlet de Chamblin de) : 120
MATTHIEU (Pierre) : 46
Maxfield-Miller (Élisabeth) : 16

---

[1] Pour les noms de personnes, les critiques contemporains sont distingués par le bas-de-casse.

MAZARIN (Jules) : 18
Mazouer (Charles) : 33, 116, 123
Méron (Évelyne) : 110, 123
Mesnard (Paul) : 13, 15
MIGNARD (Pierre et Nicolas) : 72
Mongrédien (Georges) : 16, 33

Pelous (Jean-Michel) : 26
PHILIPPE D'ORLÉANS,
    Monseigneur le duc
    d'Orléans, MONSIEUR : 37,
    109, 125
PIBRAC (Guy du Faur, seigneur
    de) : 45, 46
Pineau (Joseph) : 16
POQUELIN (Jean III), frère de
    Molière : 17
POUSSIN (Nicolas) : 72

RIBOU (Jean), marchand-libraire :
    21, 22, 31, 35, 106
Riffaud (Alain) : 9, 13, 34

Robin (Jean-Luc) : 34
ROTROU (Jean de) : 17, 21

Scaramouche, type de la commedia
    dell'arte joué par Tiberio
    FIORILLI : 55
SCARRON (Paul) : 26, 27
SCUDÉRY (Madeleine de), Sapho :
    43, 45

TABARIN (Antoine Girard, dit) :
    27, 33
THIERRY (Denis), marchand-
    libraire : 11, 122
TRABOUILLET (Pierre), marchand-
    libraire : 11, 122
Trivelin, type de la commedia
    dell'arte, joué alors par
    Domenico LOCATELLI : 27

VIVOT (Jean) : 10, 121

INDEX DES PIÈCES DE THÉÂTRE

*Amours d'Alcippe et de Céphise,
ou La Cocue imaginaire (Les)*,
Donneau de Visé : 22
Amphitryon, Molière : 53, 162

Convitato di pietra (Il), Cicognini :
113

Dépit amoureux (Le), Molière : 17,
18, 30, 39, 78, 109, 110
Dom Garcie de Navarre, Molière :
10, 17, 18, 27, 107-220
Dom Juan, Molière : 9, 10, 11, 112
Don Sanche d'Aragon, Pierre
Corneille : 110, 168, 213

*École des cocus, ou La Précaution
inutile (L')*, Dorimond : 62
École des femmes (L'), Molière : 23
Étourdi (L'), Molière : 17, 110

Fâcheux (Les), Molière : 131
Femmes savantes (Les), Molière : 174

*Gelosie fortunate del principe Rodrigo
(Le)*, Cicognini : 112, 152,
153, 158, 199, 220

Gorgibus dans le sac, farce jouée
par Molière : 18, 110

Jalousie du Barbouillé (La),
Molière : 42, 59

Médecin volant (Le), Molière : 26,
42
Misanthrope (Le), Molière : 111,
112, 114, 116, 117, 120, 121,
123, 138, 139, 155, 165, 169,
181, 190, 192, 193, 194, 198

Polyeucte, Pierre Corneille : 200
Précaution inutile (La), Dorimond :
62
Précieuses ridicules (Les), Molière :
17, 21, 29, 30, 31, 39, 40, 110

Sganarelle, ou Le Cocu imaginaire,
Molière : 17, 19-106, 109,
110, 114

Tartuffe, Molière : 161

Venceslas, Rotrou : 17, 21

TABLE DES MATIÈRES

ABRÉVIATIONS USUELLES 7

AVERTISSEMENT 9

CHRONOLOGIE
(de 1660 au 17 avril 1661) 17

SGANARELLE,
OU
LE COCU IMAGINAIRE

INTRODUCTION 21

BIBLIOGRAPHIE 33

SGANARELLE OU LE COCU IMAGINAIRE
Comédie 35

DOM GARCIE DE NAVARRE,
OU
LE PRINCE JALOUX

INTRODUCTION 109

BIBLIOGRAPHIE 123

DOM GARCIE DE NAVARRE
OU LE PRINCE JALOUX
Comédie 125

    Acte premier 127

    Acte II 147

    Acte III 167

    Acte IV 182

    Acte V 204

INDEX NOMINUM 221

INDEX DES PIÈCES DE THÉÂTRE 223